정·형·시로 보는 성·경

창 세 기

정·형·시로 보는 성·경

창 세 기

이 종 덕

비젼북하우스

정·형·시로 보는 성·경

창　세　기

초판1쇄 발행 · 2023년 07월 27일

지은이 · 이종덕
펴낸이 · 이종덕
펴낸곳 · 비전북하우스

교　정 · 이현아　　　표　지 · 고미례
디자인 · 고미례　　　공급처 · 도서출판 소망사
　　　　　　　　　　전　화 / 031-976-8970
　　　　　　　　　　팩　스 / 031-976-8971

ⓒ 이종덕 2023

등　록 · 제 2009-8호(2009. 05. 06)
주　소 · 01433 서울시 도봉구 해등로25길 41
전　화 · 010-8777-6080
이메일 · ljd630@hanmail.net

정　가 · 18,000원
ISBN · 979-11-85567-38-9　03810

무한한 감동과 감사의 마음이 일어나길

　하나님의 말씀인 성경은 우리에게 다양한 형태로 계시 되었습니다. 역사서를 통해서는 성경 말씀이 인류의 구체적인 역사 속에서 실제로 일어난 사건임을 보여주셨고, 율법서를 통해서는 인류가 살아야 할 윤리적이며 신앙적인 기준을 제시하셨고, 서신서를 통해서는 성경 말씀이 각 개인 혹은 공동체가 실제로 처한 상황을 해결할 능력이 있음을 보여주셨고, 시가서를 통해서는 하나님이 인간 내면의 정서적인 문제까지도 이해하고 공감하고 계신다는 것을 보여주셨습니다.

　특히 구약의 여러 곳에 수록된 수많은 시는 이스라엘 백성들이 경험했던 하나님의 모습을 보여주고 있습니다. 하나님은 멀리 계시는 분이 아니라 가장 가까이서 우리와 동행하시고, 말씀하시고, 우리를 인도하시는 분이심을 보여주는 시들을 접할 때 우리 안에는 감동과 감사의 마음이 솟구칩니다.

　오랫동안 목회와 문서 사역과 학생들을 지도하였고, 시인이기도 한 저자가 하나님의 말씀을 대할 때 느꼈던 감동을 주옥같은 정형시로 풀어내었습니다. 하나님의 말씀을 대할 때 우리에게 무한한 감동과 감사의 마음이 일어나듯 이 시들로 인해 성경의 말씀이 더욱 잘 이해되고, 저자가 느꼈을 그 은혜가 모든 독자에게 전달되기를 소망합니다.

한국침례신학대학교 교회사

김 태 식 교수

진정한 성경으로 돌아가게 하는 책

저자는 나의 대학 동기입니다. 대학 시절부터 늘 사색하며 삶의 무게를 견디어 가던 그를 잊을 수 없습니다. 언젠가 저자로부터 성경을 정형시로 쓴다는 이야기를 들었습니다. 그런데 어느 날 시 내용을 보내면서 추천사를 부탁했습니다. 추천사를 통해 책을 홍보하기 위한 것이 아니라 읽는 사람들로 하여금 신앙과 삶에 안정감을 주기 위한 것이 목적이라는 저자의 말에 감동이 왔습니다. 그의 말에 보탬이 되고 싶었는데 내가 시에 대한 전문가가 아니기에 어떻게 추천사를 써야 할지 많은 고민을 했습니다.

그래도 저자가 보내온 원고를 보는데 본문을 읽기 전에 '들어가면서' (서문)를 읽으면서 눈에 들어오는 시를 보고서 써야겠다는 생각을 하게 되었습니다.

> 창조로 시작해서 새 하늘 새 땅까지
> 불순종 원죄부터 최후의 심판까지
> 하나님 구원의 길을 성경에서 보여줘

종장의 "하나님 구원의 길을 성경에서 보여줘"를 보면서 하나님은 분명히 구원의 길을 성경에서 보여주고 계신데 이 정형시로 하나님의 구원의 길을 어떻게 표현하고 설명할까가 궁금해졌습니다. 물론 창세기의 내용은 이 세상의 시작임에도 인간사의 전반적인 것을 볼 수는 있지만 이후로의 모든 성경 66권을 이런 형식으로 쓴다면 이 책을 통해 성경을 읽는 사람들이 정성을 다하여 읽을 수 있도록 힘을 실어주는 책이 되리라는 생각이 들었습니다. 따라서 이 책을 읽으면서 내가 느낀 것을 독자들도 느끼리라고 생각합니다. 무엇보다도 이 책을 통하여 진정한 성경으로 돌아가는 기회가 되었으면 합니다.

　　나는 처음에 저자를 신뢰하기에 펜을 들었습니다. 그러기에 이 책을 읽어가면서 글을 통하여 그를 빚어가시는 주님을 찬양하며, 창세기 3장 중 한 수를 소개하면서 기독교의 복음, 성경을 정형시로 맛깔스럽게 드러낸 그의 저서를 추천합니다.

　　　　　여자와 원수 되고 후손도 원수 유지
　　　　　네 머리 상하게 할 여자의 후손인데
　　　　　뱀 후손 여자 후손의 발꿈치를 물거야

총신대학교 선교대학원
유 해 석 주임교수

저자 이종덕

저자는 현재 Midwestern Baptist Theological Seminary에서 박사논문 지도위원과 교정(편집)위원으로 활동하고 있으며, 비전교회 담임으로, 비전북하우스(출판사) 대표와 〈한양문학〉에서 시인으로 활동하고 있다.

저자는 사범대에서 공부하다 기독교교육으로 전향하여 총신대학교에서 종교교육과 교육대학원에서 교육학석사(M.Ed.) 학위를 취득했다. 백석대학교 기독교전문대학원에서 기독교교육(Ph.D.)을 공부하던 중 침신대 목회연구원에서 목회학석사(M.Div.)를 마치고 곧바로 미국 미주리주에 있는 Midwestern Baptist Theological Seminary에서 공부하여 목회학박사(D.Min.) 학위를 취득했다.

20년 이상 주일에는 교회에서 교육 사역과 주중에는 기관에서(총회 본부/합동, CLC, 교회진흥원) 문서 사역을 그리고 사회복지사로 사역하기도 했다.

저서

1. 논문 : 「교회 성장과 설교 유형과의 관계성 연구」
「청소년 자살에 대한 상담학적 연구」
「DEVELOPMENT OF TRAINING PROGRAMS FOR FAITH GROWTH OF NEW BELIEVERS / 새신자 신앙성장을 위한 훈련 프로젝트 개발 연구」
2. 시집 : 「여백·01」(동인지), 「엄마의 사랑을 가슴에 품고」
3. 교재 : 「새신자에서 성도에까지」(새신자)
「무적 성도 양성 프로젝트」(기신자)
4. 단행본 : 「답이 있는 삶」
「창조에서 구원에까지」
「죽음에서 새 하늘과 새 땅에까지」

차 례

어머니 돌아가시고 나서 어머니의 일대기를 정형시로 써서 시집으로 발간했습니다. 어느날 그 시를 읽는데 어머니 생각에 가슴이 뭉클했습니다. 그런데 갑자기 "야, 너는 네 엄마 일대기를 시조로 쓴 것이 그렇게 좋으냐?"라는 소리가 들리더라고요. 그래서 "이게 무슨 말씀이지?"라고 생각해 보았습니다. 그러다가 "아하! 성경을 정형시로?"라는 생각이 들었습니다. "에이, 무슨 소리야. 성경을 필사하는 것도 쉽지 않은데 어떻게 정형시로 써. 말도 안돼" 머리가 아팠습니다.

그런데 그 고민의 시간은 짧았습니다.
매일은 아니지만 성경을 펴고 창세기를 정형시로 쓰기 시작했습니다. 3장 6구 12음보 43자를 완전하게 적용해서 845수로 완료했습니다. 성경의 내용을 왜곡하거나 잘못 표현하지 않기 위해 기도하면서 내 모든 것을 동원해서 썼습니다. 성경을 더 깊이 읽어야 하고, 이해해야 하고, 설명해야 해서 쉽지 않았습니다. 가끔 시 중에서 성경 내용을 쉽게 이해하도록 추가된 시도 있고, 각주를 달아서 쉽게 이해할 수 있도록 정리해서 달아놓기도 했습니다.

창조로 시작해서 새 하늘 새 땅까지
불순종 원죄부터 최후의 심판까지
하나님 구원의 길을 성경에서 보여줘

한 글자 한 글자에 하나님 마음 담아
인간의 구원의 길 분명히 주시었네
창세기 요한계시록 읽을수록 감동해

성경을 옆에 두고 읽고 쓰고 한다는 것은 정말 내게 주어진 특권입니다. 언젠가 하나님께 "연필을 잡을 수 있는 힘이 없을 때까지 성경은 꼭 읽고 쓰고를 멈추지 않겠습니다."라고 기도했습니다. 첫 번째 필사를 마친 것은 양장 책으로 제본하여 만들어 놓았으며, 지금은 두 번째 필사를 계속하고 있습니다. 그리고 창세기 다음 성경을 정형시로 계속 쓰고 있습니다. 이러한 특권을 주님 오실 때까지 누리겠습니다.

감사합니다.

이 종 덕

창세기 제1장

1
태초에 하나님이 천지를 만드시되
창조의 방법으로 사용한 특별 수단
입으로 말씀하시니 완벽하게 이뤄져

2
첫째 날 창조물인 빛으로 출발해서
육일 간 천지 만물 세심한 정성으로
세상을 완성하셨네 모든 것의 소유주

3
하나님 보시기에 좋았던 창조 빛을
밝음과 어둠으로 나누어 분별했네
낮이라 부르신 빛과 밤이라는 어두움

4
둘째 날 창조하신 장엄한 창조물은
위아래 물과 물로 나누인 궁창일세
하나님 하늘이라고 명명하여 부르네

5
천하에 흐르는 물 한곳에 모으셨네
드러난 표면 부분 땅이라 부르시고
물들이 모인 부분을 바다라고 하셨네

6
하나님 보시기에 좋았던 모든 땅에
씨 맺는 채소들과 씨 가진 모든 나무
각각의 그 종류대로 만드시니 셋째 날

7
넷째 날 광명체들 하늘에 만드시니
그들이 하는 역할 낮과 밤 주관이네
징조[1]와 계절과 날과 해까지도 이루네

8
하늘의 광명체들 이 땅을 비추는데
두 개의 큰 광명체 낮과 밤 주관하네
낮에는 태양이라면 밤에 뜨면 달과 별

9
하나님 물을 통해 번성을 명령하네
하늘의 궁창에는 새들을 종류대로
바다의 깊은 물속엔 각양각색 물고기

10
하나님 종류대로 창조한 새와 고기
보시기 좋으셨던 다섯째 날의 창조
생육과 번성을 하여 충만하라 명하네

---

1) 4계절과 일자와 연한을 나타내는 말, 시간의 흐름을 관리한다는 의미

11
창조의 여섯째 날 생물을 종류대로
가축과 기는 것과 짐승을 종류대로
하나님 보시기에도 만족스런 창조물

12
창조의 절정으로 세우신 인간 창조
하나님 형상 따라 하나님 모양대로
사람을 만드시는데 남자 여자 구별해

13
하나님 형상대로 지으신 인간에게
생육과 번성으로 온 땅에 충만하고
세상의 모든 생물을 정복하고 살아라

14
온 지면 모든 채소 씨 가진 모든 나무
너희의 먹을거리 풍성히 주겠노라
온 땅의 모든 생물도 너희들이 관리해

15
하나님 육일 동안 천지를 창조하고
세상을 완성하고 좋았다 하시네요
사람을 만드시고는 심히 좋다 하시네

창세기 제2장

16
천지와 만물들을 엿새 간 창조하고
모든 일 마치시고 안식한 일곱째 날
그날을 복되게 하사 거룩하게 하셨네

17
천지가 창조될 때 하늘과 땅의 내력
섬세한 표현으로 이해를 돋우우네
사람이 다스리기 전 천지 모양 설명해

18
인간을 만든 내력 흙으로 지으시고
생기를 코에 불어 생령이 되었구나
에덴을 창설하시고 아담에게 주시네

19
하나님 그 땅 위에 보기에 아름답고
먹기에 좋은 나무 나게도 하시었네
동산의 가운데에는 생명나무 선악과

20
에덴을 중심으로 네 개의 강이 있네
첫째 강 비손이요 둘째 강 기혼이라
셋째 강 힛데겔이요 유브라데 넷째 강

21
하나님 창조 인간 에덴에 데려오사
동산을 주시고는 다스릴 권세까지
이곳을 경작하면서 마음 놓고 살거라

22
인간을 향한 사랑 특별한 방법 제안
선악을 알게 하는 열매는 먹지 마라
그것을 먹는 날에는 죽을 거야 반드시

23
하나님 사랑 방법 사람들 오해하네
먹는 것 금하려는 과일을 왜 만들까?
인간의 무지몽매는 심오한 뜻 모르지

24
세상을 창조하신 주인인 하나님이
사탄의 계략질을 아시고 계시기에
인간이 넘어갈까 봐 경고 섞은 보호막

25
흙으로 각종 짐승 새들을 만드시고
아담이 무엇이라 부르나 보시려고
모든 것 데려다주니 이름 지어 부르네

26
하나님 아담에게 돕는 자 주시려고
배필을 만드시려 잠들게 하시었네
갈빗대 하나를 취해 여자 인간 만드네

27
여자를 만드셔서 이끌어 데려오니
아담의 탄성 소리 저절로 울려나네
이 사람 뼈 중의 뼈요 내 살 중의 살이라

28
남자는 부모 떠나 여자와 하나 되고
여자와 하나 되어 둘이서 한 몸 되네
두 사람 맨몸이지만 부끄럽지 않구나

29
남자가 부모 떠나 여자와 하나 됨은
하나님 창조 때에 세워준 계명일세
너희는 일부일처제 벗어나지 말거라

창세기 제3장

30
천지를 지배하며 누리던 행복 속에
간교한 뱀이 등장 여자를 시험하네
동산의 모든 열매를 먹지 말라 하더냐

31
사탄[2]의 이상 질문 여자의 괴상 답변
대화의 시작으로 시험에 빠져드네
원초적 대화 차단이 승리임을 잊었나

32
사탄의 전략 속에 여자가 빠지더니
하나님 강한 명령 작위[3]로 설명하네
사탄이 원하는 내용 고스란히 답을 줘

33
여자가 대답한 말 간단히 살펴보면
먹지도 말라시고 만지지 말라시고
먹으면 죽을까 한다 왜곡해서 답하네

34
창세기 이장으로 돌아가 살펴보니
동산의 각종 열매 임의로 먹지마는
선악을 알도록 하는 열매만은 피해라

---

2) 사탄이 뱀을 통하여 하와에게 접근하였으므로 여기에서는 뱀과 사탄을 동의어로
   표현함
3) 사실은 그렇지 않은데도 그렇게 보이기 위하여 의식적으로 하는 행위

35
善惡果 금지명령 특별한 인간 사랑
명령의 준수 여부 인생의 행과 불행
이 열매 먹는 날에는 죽으리라 반드시

36
순종과 불순종의 결과를 알지만은
사탄의 사악 꼼수 여자를 관리하네
너희가 먹는 날에는 하나님이 될 거야

37
하나님 싫어하는 단어가 교만인데
여자의 마음속에 교묘히 들어갔네
오호라 어찌할까요 경고 말씀 현실이

38
사탄과 대화 자체 정복된 자이로세
선악과 보는 순간 예전과 다른 느낌
당당히 열매 따 먹고 남편에게 권하네

39
불순종 결과로서 그들의 다른 모습
벗은 몸 발견하고 부끄럼 감추려 해
무화과 나뭇잎으로 치마 삼아 입었네

40

동산에 거니시는 하나님 소리 듣고
부부는 두려워서 나무 뒤 숨어버려
잔꾀로 피한다지만 가능한 일 아닐세

41

아담아 어디 있니 하나님 부르시니
벗은 몸 두려워서 나무 뒤 숨었어요
너에게 "먹지 말아라" 어겼구나 이 명령

42

아담의 자기변명 죄악의 속성일세
자기 죄 여자에게 무조건 떠넘기네
여자도 자기의 죄를 뱀에게로 떠넘겨

43

하나님 분노하사 뱀에게 이르시되
이렇게 만든 결과 용서를 할 수 없다
바닥을 기어다니며 흙을 먹고 살거라

44

여자와 원수 되고 후손도 원수 유지
네 머리 상하게 할 여자의 후손인데
뱀 후손 여자 후손의 발꿈치를 물거야

45
하나님 넓은 사랑 인간의 구원 계획
예수님 보내셔서 죄에서 꺼내시려
십자가 원시복음⁴⁾을 제시하여 주셨네

46
말씀을 어긴 죄로 주어진 징벌들은
여자는 임신 고통 출산의 최고 고통
남편의 다스림에도 죗값 속에 포함돼

47
여자의 말을 듣고 말씀을 어긴 아담
하나님 그를 향한 징벌의 원인 확인
내 명령 아내 말 듣고 어긴 것이 죄란다

48
이 땅이 너로 인해 저주를 받을 거고
네 평생 수고해야 소산물 먹을 거야
너에게 가시덤불과 엉겅퀴를 줄란다

49
인간의 죗값으로 주어진 인생 고난
얼굴에 피땀으로 살아야 하는구나
사탄의 집요한 공격 현재에도 진행형

---

4) 창 3:15

50
불순종 결과로서 고생이 일상이고
육체적 죽는 것은 죗값의 당연지사
영혼의 죽음까지도 피할 길이 없구나

51
에덴의 동산에서 살 기회 박탈하고
흙에서 나왔으니 흙으로 돌아가라
그러나 그때까지는 갖은 고생 할 거야

52
아담이 여자에게 하와라 이름하고
하나님 부부에게 가죽옷 입히시네
이름 뜻 모든 산 자의 어머니가 됨이라

53
영생果 따먹고서 고통과 살까 봐서
하나님 에덴에서 부부를 내보내네
인간을 사랑하심이 섬세함을 넘네요

창세기 제4장

54
쫓겨난 아담 부부 후세를 낳았는데
가인과 아벨이란 형제로 시작하네
가인은 농사하는 자 목축업은 아벨이

55
가인이 드린 제물 농산물 선별했고
아벨이 바친 것은 가축의 첫 양 새끼
두 사람 드리는 제사 차별하신 하나님

56
두 사람 드린 제사 하나님 승낙 여부
가인은 거절하고 아벨은 받으셨네
승낙의 결정적 요인 제물보다 믿음 차

57
제사를 거절당한 가인의 분노 표현
하나님 아시고서 훈계로 경고하네
죄에게 당하지 말고 네가 죄를 제하라

58
가인의 제사 不諾[5] 분노로 치솟더니
승인된 동생 질투 절제가 되지 않네
최초로 살인의 행동 실행하는 나쁜 형

---

5) 불낙 : 승낙하지 아니함

59
사람이 지은 죄를 아시는 하나님이
가인을 시험하여 동생의 안부 묻네
자기 죄 숨기려 하는 사악함의 나쁜 형

60
가인아 너의 동생 아벨이 어디 있니
알지를 못합니다 지킴이 아닙니다
네 아우 피의 소리가 땅속에서 들린다

61
네 손에 죽은 아우 핏물을 받은 땅이
효력을 잃게 되어 역할을 못 하누나
네 죄로 저주를 받아 방황하게 되리라

62
회개는 하지 않고 자신의 보호 요청
내 죄가 무거워서 사람들 두려워요
만나는 사람들마다 죽일까 봐 겁나요

63
그에게 이르시되 그렇지 아니하다
가인을 죽이는 자 칠 배의 벌을 예고
하나님 표를 주어서 죽음만은 면케 해

64
하나님 떠난 가인 놋 땅에 거주하며
대대로 이어지는 후대가 늘어나네
그래도 하나님과는 동행길이 아니네

65
아내와 동침하여 에녹을 낳은 후에
후대에 라멕이란 자손도 태어나네
라멕은 두 아내 통해 특별 후손 이어져

66
야발은 가축치는 조상에 등장하고
수금과 퉁소 잡는 조상은 유발일세
철강을 다루는 자로 두발가인 등장해

67
아벨의 죽음으로 끊어진 아담 계보
셋이란 셋째 아들 선물로 이어가네
죽어간 둘째 대신에 다른 씨를 주셨네

68
셋째도 아들 낳고 이름을 에노스라
그때에 사람들의 달라진 모습 보면
비로소 여호와 이름 불렀다는 것일세

69
하나님 사람 창조 핵심이 무엇일까
당신의 형상대로 만드신 것이로세
남녀를 창조하셨고 사람이라 칭하네

70
아벨을 잃어버린 아담의 후예로서
백삼십 나이 들어 셋이란 아들 낳네
팔백 년 자녀를 낳고 구백삼십 누리네

71
후손 중 한 사람에 에녹이 있었는데
아들로 므두셀라 낳을 때 육십오 세
그 뒤로 삼백 년 동안 세상에서 살았네

72
성경에 사람으로 하늘에 올라간 자
에녹과 엘리야가 신구약 전부일세
하나님 특별한 사랑 그들 믿음 인정해

73
당시에 나이 숫자 오늘과 비교 안돼
에노스 구백오 세 야렛은 구백육십
최장수 구백육십구 므두셀라 나이네

74
라멕이 낳은 아들 노아라 불리는데
노아의 자식들은 셈과 함 야벳이라
나이가 오백 세 된 후 낳은 아들 순서네

75
최초의 인간으로 이 땅에 등장한 자
하나님 창조물로 이름이 아담일세
범죄로 영생을 잃고 구백삼십 살았네

76
성경에 나온 이름 전부가 아닌 것은
아담이 일생 동안 자녀를 낳았다고
창세기 오장 사절에 분명하게 써있네

창세기 제6장

77
사람이 땅 위에서 번성이 시작되니
하나님 아들들이 사람 딸 사랑하네
사람 딸 누구냐 하면 가인 계열 여자들

78
하나님 규율 어긴 사람들 행위들에
용서를 할 수 없다 분명히 밝히시네
앞으로 그들의 날은 백이십 년 될 거야

79
사람들 지은 죄가 세상에 가득하고
그들의 마음속에 생각한 계획들이
모두가 악한 것이라 분노하신 하나님

80
사람들 죄악들에 하나님 마음 근심
세상을 쓸어버려 악함을 진멸하자
그래도 의인이라는 노아라는 한 사람

81
노아의 아들들은 세 명이 나오는데
첫아들 이름은 셈 둘째의 이름은 함
막내는 야벳으로서 동행하는 효자들

82
하나님 노아 불러 죄악에 분노해서
세상에 물을 부어 멸절을 선언하네
그래도 완전한 자인 너희 가정 예외다

83
노아야 너를 위해 방주를 만들거라
방주를 만들면서 칸들을 나누는데
역청을 안팎에 발라 물샐 틈도 막거라

84
하나님 방주 모양 정확히 전달하네
길이는 삼백 규빗[6] 너비는 오십 규빗
높이는 삼십 규빗의 완전무결 계획서

85
방주의 내부 모양 삼 층을 만들어라
창문은 위로부터 한 규빗 아래 설치
짐승은 크기에 따라 분류해서 넣거라

86
홍수를 일으켜서 천하를 없앨 건데
너와는 내 언약을 세워서 지킬 거야
아내와 며느리들과 세 아들과 들어가

---

6) 1규빗=45cm (방주 모양-길이: 135m, 폭: 22.5m, 높이: 13.5m)

87
방주로 모든 생물 암수를 한 쌍씩만
가축은 종류대로 새들도 종류대로
땅에서 기는 모든 것 종류대로 넣거라

88
홍수의 기간 동안 먹어야 살 수 있다
먹을 것 준비하라 가족과 가축 음식
하나님 명하신 대로 빠짐없이 준행해

창세기 제7장

89
하나님 노아에게 칭찬을 하시었네
너에게 의로움이 있음을 보았노라
이제는 너의 온 가족 방주 안에 가거라

90
하나님 특별 명령 짐승의 다른 숫자
정결한 짐승들은 암수를 일곱 쌍을
부정한 짐승들 수는 암수 둘씩 넣거라

91
짐승들 다른 숫자 이유가 무엇일까
하나님 특별 배려 세심한 노아 사랑
번제로 드릴 제물과 먹을 음식 고려해

92
칠 일이 지난 후에 이 땅에 비를 내려
땅 위의 모든 생물 쓸어서 버릴 거야
기간은 사십 주야로 너희들만 살 거야

93
하나님 말씀하신 명령을 준수하고
모두가 방주 안에 들어가 안착하네
홍수가 시작이 되니 노아 나이 육백세

94

칠 일 후 하늘 열려 홍수가 시작되니
육 백세 둘째 달의 날 수로 열이렛날[7]
하늘 땅 창문들 열려 사십 주야 쏟아져

95

홍수가 사십 일로 온 땅을 뒤덮으니
천하의 높은 산이 물속에 잠기었네
땅 위의 움직이는 것 남김없이 사라져

96

하나님 진노하심 수치로 생각하면
높은 산 잠기고도 배 높이 십 오 규빗
무거운 방주의 높이 육점 칠 오 더 올라[8]

97

지면의 모든 생물 사람과 가축들과
기는 것 새까지도 남은 것 하나 없네
홍수 속 백오십 일을 견뎌낼 수 없잖나

---

7) 노아 나이 600세 2월 17일
8) 배가 산보다 6.75m=15규빗 더 높이 올라갔음/1규빗=45.6cm

창세기 제8장

98
하나님 방주 안의 모든 것 기억하사
바람을 불게 하여 땅윗물 줄이시네
하늘의 창문도 닫아 내리는 비 그치네

99
비 내림 시작된 후 최절정 백오십 일
시간이 일곱째 달 그 달의 열이렛 날[9]
방주가 머무른 곳은 아라랏산 산등성

100
뒤덮은 홍수물이 조금씩 줄어드네
하나님 자연 이치 최대한 활용하니
열째 달 초하룻날[10]에 산봉우리 보이네

101
사십 일 지난 후에 방주의 창문 열고
까마귀 내놓으매 밖에서 왕래하네
비둘기 내놓았더니 발붙일 곳 못찾아

102
칠일 후 비둘기를 또다시 내놓으니
저녁때 감람나무 잎사귀 물고 오네
칠일 후 다시 보내니 돌아오지 않더라

---

9) 노아 나이 600세 7월 17일
10) 노아 나이 600세 10월 1일

103
노아의 육백일 년 첫째 달 초하룻날[11]
방주의 뚜껑 열고 지면을 확인하니
땅 위에 물의 걷힘을 확인하고 알더라

104
둘째 달 이십칠 일[12] 온 땅이 말랐기에
하나님 노아에게 찾아와 말씀하네
방주에 들어가 있는 모든 식구 나와라

105
노아야 방주 안의 짐승들 꺼내거라
땅에서 생육하고 번성도 할거란다
노아의 모든 식구와 동물들이 다 나와

106
땅으로 나온 노아 맨 처음 행한 일은
제물을 준비하고 제례를 시행하네
정결한 짐승과 새를 번제단에 드리네

107
하나님 노아 제사 향기를 받으시네
기쁘게 받으심의 비유적 표현일세
중심에 인간을 향한 따뜻함도 나타내

---

11) 노아 나이 601세 1월 1일
12) 노아 나이 601세 2월 27일

108
다시는 사람으로 인해서 저주 안해
하와의 죄로부터 내려온 악이지만
하나님 자비의 손길 노아에게 약속해

109
노아를 신뢰하신 하나님 마음 전달
전처럼 모든 생물 멸하지 않으리라
이 땅이 있을 동안에 쉬지 않고 갈 거야

110
이 땅이 있을 동안 멈추지 않을 것은
심음과 거둠이요 추위와 더위로다
계절은 변하지 않고 낮과 밤도 무변동

창세기 제9장

111
하나님 노아에게 언약을 세우시네
생육과 번성으로 이 땅에 충만하라
이 세상 모든 것들을 너희에게 주노라

112
세상의 모든 것들 너희를 두려워해
이유는 너희 손에 붙였기 때문이야
먹는 것 다스리는 것 너희에게 주노라

113
생명의 존귀함을 피로써 설명하네
생명의 근원으로 상징된 피이기에
그 피를 흘리게 하면 그의 피로 찾으마

114
사람의 피 흘리면 흘린 자 흘릴 거야
하나님 경고 말씀 이유가 무엇일까
너희는 내 형상대로 지음 받은 자니까

115
노아와 가족에게 하나님 말씀하네
너희와 너희 후손 내 언약 말해주마
이제는 모든 생물을 멸할 홍수 없단다

116
너희와 너희 후손 그리고 모든 생물
대대로 영원토록 지켜질 약속이니
무지개 보일 때마다 기억하라 내 언약

117
이 땅에 후손들이 繩繩[13]이 장구하네
셈과 함 야벳에서 함 아들 가나안 등
노아의 아들로부터 온 세상에 퍼지네

118
노아의 농사 시작 포도원 운영하네
포도주 마시더니 술 취함 찾아오네
장막 안 벌거벗은 몸 드러내고 잠들어

119
아비의 하체 보고 밖으로 나간 함이
형제에 알리면서 저주의 因을 쌓네
아버지 권위 무시와 성 문제의 몰염치

120
둘째의 얘기들은 두 형제 취한 행동
어깨에 옷을 매고 뒷걸음 들어가네
아버지 하체를 덮고 조심스레 나오네

---

13) 승승=대가 끊어지지 아니함

121
둘째가 행한 일을 노아가 알고서는
분노를 참지 못해 후손을 저주하네
형제의 종이 되어서 섬기면서 살아라

122
두 형제 셈과 야벳 노아의 축복받네
함 자손 두 형제의 종으로 예언하고
셈에게 특별한 예언 그리스도 연결돼

123
육백세 홍수 시작 그 후로 삼백오십
이 땅에 자손 번성 하나님 은혜로다
노아는 구백오십 세 때가 되어 죽더라

창세기 제10장

124
노아의 후손들이 번성에 참여하니
창세기 십 장에는 족보가 나열되네
홍수 후 백성의 확산 이들에서 나뉘네

125
야벳의 아들들은 고멜과 다리스 등
여기서 여러 나라 백성이 나뉘이네
종족과 각기 언어로 땅과 바다 머무네

126
함 아들 미스라임 구스와 가나안 등
구스의 아들들은 스바와 하윌라 등
세상의 첫 용사로서 니므롯도 낳았네

127
속담에 나올 정도 니므롯[14] 용감하네
시날 땅 시작하여 앗수르 니느웨로
큰 성읍 건설도 하고 블레셋도 태어나

128
가나안 자손으로 시돈과 헷이지만
이들의 후손들은 族으로 설명하네
히위와 알가 족속과 아르왓과 하맛 族

---

14) 칼빈은 니므롯이 사람들을 무시하고 하나님과 대등하듯이 교만해졌다고 해석했
다. 결국 니므롯은 사냥꾼으로 안하무인격으로 스스로 교만해졌다는 즉, 너무나
도 두드러진 반기독교적인 인물의 상징

129
가나안 경계로는 시돈과 그랄 지나
소돔과 고모라와 스보임 라사까지
이들은 함 자손으로 언어-지방 동일 國

130
셈 자손 살펴보니 엘람과 앗수르 등
그 뒤로 벨렉이란 후손도 나오는데
민족의 대분열 이룬 바벨탑과 관련자

131
셈 자손 후손들이 꼼꼼히 나열되네
이들의 거주지는 메사의 동쪽이라
이들도 형제들같이 언어-지방 동일 國

창세기 제11장

132
언어와 소통의 말 하나를 사용하되
자손의 번성으로 東으로 넓혀가네
시날의 평지서 만나 미래 앞날 설계해

133
백성이 나뉘어서 세계로 번져가니
흩어질 위험부담 모두가 걱정하네
서로들 의견을 교환 하나님 뜻 넘었네

134
벽돌을 만들어서 견고히 굽자 하고
벽돌은 돌을 대신 역청은 진흙 대신
성읍과 탑을 건설해 높이 높이 올리자

135
꼭대기 하늘까지 쌓자고 합의하고
본인들 이름 내고 흩어짐 막자 하네
하나님 의중도 거부 만만찮은 교만함

136
하나님 이를 보고 이 땅에 내려오사
족속도 하나이고 언어도 하나이니
이들이 시작한 짓을 막을 수가 없구나

137
하나님 징벌로써 언어에 혼잡 주니
하나가 분열되어 건설을 포기하네
쌓던 탑 바벨탑 이름 혼잡함을 의미해

138
언어의 소통에서 불통이 이뤄지니
하나가 되고파도 되는 것 차단되네
그들을 여호와께서 온 지면에 흩으셔

139
셈 족보 살펴보니 홍수 후 아르박삿
낳고를 이어 가서 데라에 이르렀고
데라는 칠십 세 때에 아브람을 낳았네

140
데라의 족보 보면 아브람 나홀, 하란
하란은 아비보다 앞서서 생을 마감
죽은 곳 유브라테강 이라크의 남부 땅

141
아브람 장가드니 사래가 아내 이름
부인이 임신 못해 무자녀 부모로다
하나님 구원의 역사 생각하면 은혜라

142
데라가 자녀들을 모두 다 이끌고서
갈대아 우로 떠나 가나안 향해 가다
하란에 거류하면서 이백오 세 죽었네

143
아브람 족보 출발 아버지 데라부터
조부가 나홀인데 그 위로 올라가면
노아의 아들들 중에 셈이라는 한아비[15)

15) '할아버지'의 옛말, 여기서는 아브라함이 셈의 후손임을 말함

창세기 제12장

144
하나님 선택받은 아브람 등장하네
고향과 친척들과 아버지 집을 떠나
너에게 보여줄 땅에 두려움 없이 가거라

145
너에게 복을 주어 큰 민족 이룰 거고
네 이름 창대하되 복 중의 복이란다
이 땅의 모든 족속의 복의 근원 될 거야

146
하나님 이와 같은 명령을 하신 것은
부친과 조상들이 우상에 물이 들어
아브람 聖別[16]을 위한 원대하신 목적이

147
아브람 말씀 순종 하란을 떠나는데
가족은 물론이요 조카인 롯도 떠나
나이는 칠십오 세로 가나안에 안착해

148
가나안 지나가서 도달한 땅의 이름
'부지런' 세겜[17] 단어 '가르침' 모레[18] 단어
'권세자' 상수리나무[19] 영적 의미 있는 곳

---

16) 성별 : 기독교 신성한 일에 쓰기 위하여 보통의 것과 구별하는 일
17) '아침에 일찍 일어나다, 진지하게 행하다, 부지런히'라는 의미
18) '가르치다, 교훈하다, 알게 하다'라는 뜻
19) '권세 있는 자, 힘'이라는 뜻

149
하나님 나타나사 하시는 말씀 보니
선택된 아브람은 후손이 없었는데
이 땅을 네 자손에게 주시겠다 하시네

150
하나님 나타나심 아브람 반응으로
제단을 처음 쌓고 감사를 표현하네
언제든 어디서든지 섬기는데 최선을

151
벧엘산 동쪽으로 옮겨서 장막치네
장막을 치는 것은 생활의 안정 미달
아브람 제단을 쌓고 여호와를 부르네

152
찾아온 기근 피해 애굽행 실행하니
사래의 아리따움 남편은 불안하네
비겁한 아브람 행위 누이라고 소개해

153
애굽에 이르르니 걱정이 현실이 돼
사람들 고관들도 사래를 칭찬하네
그 여인 바로 궁으로 끌어들인 바로왕

154
사래를 차지하여 궁으로 데려오고
아브람 후대하여 재산도 부여하네
하나님 사래의 일로 바로에게 재앙을

155
아브람 굳센 믿음 왜 이리 허접한가
아내를 바로에게 판 것과 다름없네
하나님 바로왕에게 재앙 내려 지키네

156
바로가 아브람을 불러서 불만 표현
어째서 네 아내를 누이라 소개했나
사래가 여기 있으니 데려가라 명하네

157
아브람 일행들과 물질을 보내는 것
사람들 원치 않는 아까운 상황인데
바로의 강한 명령을 수행해서 내보내

창세기 제13장

158
아브람 애굽에서 전 가족 떠나오네
아내와 모든 소유 조카와 네게브로
풍부한 재산 소유는 하나님의 특별 복

159
아브람 애굽에서 온 식구 나왔는데
조카인 롯의 재산 소유도 만만찮네
그들이 동거하기에 불편함의 한 원인

160
네게브 떠나와서 벧엘에 이르렀네
예전에 처음으로 장막을 친 곳이며
여호와 이름까지도 그곳에서 부른 곳[20]

161
한 지역 가나안인 동거로 브리스인
이들의 눈앞에서 목자들 다툼 있네
다툼은 하나님 영광 가리는 것 아닌가

162
아브람 롯을 불러 화평을 제안하네
우리는 친족이라 다툼을 원치 않아
내 목자 네 목자들이 다투어도 안되지

---

20) 창 12:7-8

163
네 앞에 넓은 땅이 보이지 아니하냐
여기서 너의 가족 우리와 헤어지자
나갈 땅 좌우 선택을 네가 먼저 하거라

164
조카가 눈을 들어 요단 땅 바라보니
멸망 전 소돔 땅과 고모라 땅이기에
여호와 동산과 같고 애굽 땅과 같더라

165
선택권 넘겨받은 조카가 취한 행동
주저함 보이잖고 좋은 땅 선택하네
독립을 선언하고서 유부유자²¹⁾ 갈라서

166
좋은 땅 선택한 후 소돔에 안착한 롯
동으로 옮겨가고 아브람 가나안에
소돔 人 여호와 앞에 악을 행한 큰 죄인

167
조카가 떠난 후에 하나님 찾아오사
눈 들어 동서남북 어디든 바라보라
네 눈에 보이는 땅은 너와 후손 소유다

---

21) 猶父猶子) : 촌과 조카 사이를 일컫는 말

168
네 자손 복을 주되 땅 위의 티끌처럼
사람이 땅의 티끌 셀 수는 있겠지만
네 후손 땅의 티끌과 비교해도 될 거야

169
하나님 주시는 복 아브람 인지하고
장막을 옮겨가서 헤브론 마므레에
거기서 여호와 위해 제단 쌓고 공경해

창세기 제14장

170
시날왕 엘라살왕 엘람왕 고임왕과
여러 왕 등장하여 전쟁사 기록되네
소돔왕 고모라왕은 한 팀으로 동맹국

171
한통속 한패로서 십이 년 동행하다
배반의 길에 올라 분열과 편가르기
소돔과 고모라까지 무자비한 총공격

172
소돔 등 다섯 나라 엘람 등 네 개 나라
치열한 전쟁 중에 네 나라 승리하네
네 왕이 소돔-고모라 모든 재물 갈취해

173
소돔 땅 거주하던 아브람 조카 롯이
전쟁에 휘말리어 포로로 잡혀가네
집안의 재물까지도 남김없이 빼앗겨

174
도망한 롯의 사람 이 사실 안고 나와
마므레 상수리로 도망쳐 찾아가서
삼촌인 아브람에게 이 사실을 알리네

175
아브람 조카 롯이 잡혀간 소식 듣고
집에서 길리우고 훈련된 병사들을
숫자로 삼백십팔 명 거느리고 쫓아가

176
자신과 가신들 중 두 팀을 만들어서
밤중에 쫓아가서 그들을 쳐부수고
다메섹 호바에까지 쫓아가서 승리해

177
조카를 구출하고 재물도 회수하며
전쟁의 승전가를 높이며 귀환하네
조카와 가족 모든 것 남김없이 찾아와

178
승리로 이끌고서 아브람 돌아올 때
소돔왕 골짜기로 나와서 영접하고
살렘왕 멜기세덱도 떡-포도주 가져와

179
높으신 하나님의 제사장 멜기세덱
아브람 축복의 말 천지의 주재시요
높으신 하나님이여 복의 복을 주소서

180
네 대적 너희 손에 붙이신 하나님은
지극히 높으신 분 그분을 찬양하라
아브람 십분의 일을 제사장께 드리네

181
하나님 제사장인 살렘왕 멜기세덱[22]
하나님 이름으로 아브람 축복한 자
祖系[23]가 존재치 않아 그리스도 상징해

182
소돔왕 아브람에 베풀은 감사 보답
내 백성 내게 주고 물품은 가져가라
아브람 소돔왕에게 일언반구 거절해

183
아브람 거절 이유 이렇게 대답하네
내 재산 너로부터 치부한 자로 착각
네 재산 실 한 오라기 가져가지 않는다

184
한 가지 예외로써 제안을 하겠는데
전투에 참여했던 내 사병 먹을 것과
동맹을 맺은 사람들 그들 몫은 주시오

---

22) 시 110:4; 히 7:1-17 참조
23) 조계 : 조상의 계통

창세기 제15장

185

말씀이 환상 중에 아브람 찾아와서
두려움 갖지 말라 첫 계약 맺으시네
나는야 너의 방패요 더없이도 큰 상급

186

아브람 하나님께 의문을 표현하네
자식도 없다면서 상급이 무어냐며
상속자 엘리에셀[24]이 내 집에서 지내요

187

하늘을 바라보라 뭇별을 셀 수 있니
네 자손 땅의 티끌 약속도 했었잖니
너 이후 直系卑屬[25]이 뭇별 티끌 될 거야

188

아브람 여호와를 철저히 믿는 것을
하나님 그의 의로 기쁘게 여기시네
이 땅의 모든 것들을 네 소유로 주리라

189

아브람 하나님께 주실 복 확인하니
그에게 이르시되 계약을 맺자꾸나
삼 년 된 짐승과 새를 가져오라 하시네

---

24) 아브라함이 자기의 모든 소유를 맡기고 또 아들 이삭의 아내를 구하고자 나홀 땅
   으로 파견할 만큼 신임한(창 15:2-3; 24:2) 자이다.
25) 직계비속 : 나를 중심으로 아랫세대에 속하는 자녀, 손자녀, 외손자녀, 증손자녀
   등을 말한다. 참고로 반대의 의미는 직계존속으로 윗세대를 말한다.

190
아브람 그 모든 것 준비해 가져와서
중간을 쪼개놓고 쪼갠 것 마주 놓네
새들은 쪼개지 않은 하나님의 계약서

191
해질 때 아브람이 깊은 잠 빠져들고
흑암과 두려움이 그에게 찾아오네
하나님 아브람에게 중요한 것 전하네

192
아브람 이것만은 알아야 하느니라
네 자손 이방에서 섬기는 객이 되어
거기서 사백 년 동안 섬기면서 살 거야

193
아브람 객이 되는 방법을 택한 이유
평안한 삶이 되면 부족 간 연합하여
순수한 아브람 혈통 유지하기 어려워

194
그 후에 네 자손이 큰 재물 가져오고
거기서 사대 만에 이 땅에 올 거란다
아브람 장수하다가 조상에게 갈 거야

195
해가 져 어두울 때 화로에 연기 나네
횃불이 쪼갠 고기 사이로 지나가고
그날에 여호와께서 세운 언약 전하네

196
네게 준 언약의 땅 상상을 초월한다
애굽강 시작으로 그 큰 강 유브라데
겐 족속 그니스 족속 포함해서 열 개 족

창세기 제16장

197
자손을 티끌처럼 주신다 하신 약속
사래는 불임으로 자식을 낳지 못해
그에게 여종 있으니 하갈이란 애굽녀

198
사래가 남편에게 의견을 제안하네
하나님 내 출산을 허락지 않으시니
원컨대 내 여종하고 합방하여 보세요

199
아브람 아내 의견 흔쾌히 수용하니
사래가 애굽 사람 하갈을 데려오네
두 사람 동침한 후에 여종 하갈 임신해

200
임신한 여종 하갈 여주인 멸시하니
사래가 남편에게 하소연 전달하네
당신이 받을 모욕을 내가 받고 있어요

201
아브람 사래에게 하소연 받아들여
하갈은 당신의 종 당신의 수하이니
당신이 생각한 대로 관리해도 됩니다

202
마음에 상처 입은 여주인 엄한 행동
여종을 학대하며 견딜 수 없게 하니
하갈이 사래 앞에서 도망하여 떠나네

203
광야의 샘물 곁에 도착한 여종 하갈
여호와 사자가 와 샘에서 그를 만나
하갈아 어디서 왔니 가야 할 곳 어디니

204
여주인 사래에게 핍박을 받기 싫어
도망쳐 나왔다며 반성한 언어 사용
교만을 던져버리고 주인이라 표현해

205
여호와 사자의 말 하갈에 교훈하네
네 주인 사래에게 돌아가 복종하라
네 씨를 번성케 하여 셀 수 없게 하리라

206
하갈아 너는 지금 임신을 하였으니
아들을 낳을 텐데 이름을 알려주마
그 이름 이스마엘로 하나님이 주셨다

207
네 아들 이스마엘 들나귀 같이 되고
사람들 그를 치고 그 또한 사람 치고
인생을 모든 형제와 대항해서 살 거야

208
여호와 보호받은 하갈의 감동 사연
사자와 만난 우물 이름을 지어보네
본인을 감찰하시는 하나님의 우물샘[26]

209
돌아온 하갈에게 출산이 진행되어
아들을 낳았는데 이름은 이스마엘
아브람 팔십육 세로 첫아들을 얻었네

---

26) 브엘라헤로이 = 나를 살피시는 살아 계신 이의 우물

창세기 제17장

210
아브람 구십구 세 노년의 절정인데
하나님 찾아오사 그에게 이르시길
전능한 하나님이라 완전하게 행하라

211
나하고 너 사이에 내 언약 주겠는데
이 땅에 너를 크게 번성케 할 거란다
그래서 여러 민족의 아버지가 될 거야

212
아브람 너의 이름 이렇게 개명하마
이제는 여러 민족 아버지 될 터이니
앞으로 부르는 이름 아브라함 하거라

213
네 이름 번성함이 이렇게 진행되니
네게서 여러 민족 일어나 나올 거고
왕들이 네게로부터 이 세상에 올 거야

214
내 언약 너와 후손 대대로 세울 테니
영원한 언약으로 지키며 살아가라
나는야 너와 네 후손 하나님이 될 거야

215
하나님 세운 언약 지킬 것 명령하며
네 가족 네 후손들 할례를 실천하라
대대로 모든 남자는 팔 일 만에 행하라

216
집에서 난 자든지 돈으로 산 자든지
언약을 지켜야만 살 수가 있느니라
내 언약 배반을 하면 백성 중에 끊어져

217
집안의 모든 남자 할례를 명하시고
사래의 이름까지 사라라 고쳐주네
이름 뜻 여러 민족의 어머니가 되리라

218
사라와 아브라함 나이를 생각하니
구십 세 백 세인데 후손이 가능할까
하나님, 이스마엘과 살아가면 됩니다

219
하나님 이르시되 그것이 아니란다
사라가 네 아들을 낳아야 하는 거야
아들 명 이삭이라고 지어까지 주시네

220
네 아들 이스마엘 걱정을 하지 마라
그에게 복은 주어 생육과 번성한다
그 또한 열두 두령의 큰 나라의 출발점

221
내 언약 내년 이때 이삭과 세울 거다
적용을 알리시고 하나님 떠나시네
그날에 모든 가족이 할례 예식 실행해

222
할례 시 아브라함 나이가 구십구 세
아들인 이스마엘 십삼 세 나이였네
돈으로 사온 자까지 빠짐없이 실행해

창세기 제18장

223
하나님 아브라함 찾아서 오시는데
세 명²⁷⁾을 발견하고 달려가 영접하네
정성껏 안내하므로 응하시는 하나님

224
내 주여 내가 주께 은혜를 입었어요
원컨대 주의 종을 떠나지 마옵소서
당신들 발 씻으시고 나무 아래 쉬소서

225
조금만 계시오면 만든 떡 가져오리
마음을 상쾌하게 하신 후 지나소서
하나님 말씀하시되 네 말대로 하리라

226
집으로 돌아가서 음식을 준비하네
사라는 고운 가루 세 스아 떡 만들고
하인들 살진 송아지 멋진 요리 만드네

227
정성껏 차려놓고 모셔온 하나님이
장만한 음식들을 입으로 먹으시네
사라가 어디 있느냐 찾으시는 하나님

---

27) 하나님과 천사 둘

228
하나님 찾으시니 장막에 있습니다
내년의 이맘때쯤 내가 또 올 터인데
네 아내 사라에게서 상속자가 날 거야

229
사라가 장막에서 이 소리 들었는데
남편은 늙어있고 나 또한 생리 단절
사라가 속웃음으로 내게 무슨 즐거움

230
사라야 왜 웃느냐 네 몸이 늙었거늘
어떻게 네 몸으로 아들을 낳겠냐고?
나에게 능치 못한 일 있겠느냐 하시네

231
기한이 이를 때에 내가 또 올 터인데
다시 또 말하지만 그때는 아들 있다
사라가 두려워하며 안 웃었다 부정해

232
하나님 대접받고 거기서 일어나서
소돔을 향해 가고 전송은 아브라함
너희는 강대국 되고 천하 만민 복의 터

233
자식과 권속에게 명하여 지켜낼 것
여호와 道와 義를 행하고 실천하라
그러면 너에게 말한 모든 것은 이뤄져

234
소돔과 고모라의 죄악이 무거우니
그곳에 찾아가서 확인을 하려 한다
인격적 하나님임을 보여주신 최고 愛

235
소돔과 고모라에 하나님 경고하니
조카가 걱정되어 의인 수 흥정하네
의인이 오십 명이면 어찌해야 할까요

236
의인 수 끌어들여 조카를 구하려는
삼촌의 안타까운 마음이 드러나네
의인을 악인과 함께 심판하지 않겠죠

237
하나님 아브라함 마음을 읽으시고
오십 명 의인들을 거기서 찾는다면
온 지역 용서하리라 하나님이 약속해

238
하나님 빠른 약속 불안한 아브라함
의인 수 줄여가며 조카를 구하려 해
오십 명 시작했다가 사십오 명 흥정해

239
초조한 아브라함 의인수 줄여가네
사십 명 있다 하면 의견을 여쭤보네
그 숫자 있다 하여도 용서한다 말씀해

240
다급한 아브라함 하나님 용서 빌고
열 명씩 줄여가며 삼십 명 이십까지
손쉽게 허락하시니 불안 폭이 커가네

241
최후의 의인수를 제안한 아브라함
의인이 열 명[28]이면 용서를 하옵소서
결국은 그 수도 안돼 심판으로 결정해

---

28) 아브라함은 조카의 가족 수를 최종 제안한 것으로 보인다. 10명의 근거: 롯, 아
내, 결혼한 두 딸과 사위들, 두 아들(창 19:12), 결혼하지 않은 두 딸(창 19:8)

242
저녁때 두 천사가 소돔에 도착하니
조카 롯 그들 보고 엎드려 영접하네
내 주여 종의 집으로 들어와서 쉬소서

243
천사들 거절하니 조카 롯 간청하네
돌이켜 그제서야 집으로 들어가서
대접을 받아들이고 먹고 쉬고 하니라

244
천사들 눕기 전에 사람들 쳐들어와
노소를 막론하고 롯의 집 에워싸네
소리쳐 롯을 부르고 동네방네 떠드네

245
소돔의 죄악 상태 확실히 드러나네
들어간 천사들을 끌어서 내라 하며
그들과 상관²⁹⁾하리라 최악의 죄 외치네

246
죄라는 글자만도 하나님 용서 못해
저들이 외치는 것 동성애 무서운 죄
전에도 현시대에도 사탄 행위 잔인해

---

29) 동성애(소돔에서는 동성애가 극성이었고, 공개적이었고 흔했다)

247
오늘날 동성결혼 허용한 국가 보면[30]
최초로 네덜란드 시작한 국가로세
현재의 이십삼 연도[31] 삼십사 개 국가네

248
문밖에 나간 롯이 사람들 설득하네
나에게 있는 두 딸 이끌어 줄 터이니
우리 집 손님들에게 아무 일도 말거라

249
이상한 롯의 제안 이 또한 범죄인데
사람들 수용 불가 오히려 롯을 협박
우리가 너 해할 거야 비키라고 밀치네

250
천사들 쌓인 분노 집으로 롯을 불러
안에서 문을 닫고 저들을 징벌하네
눈들을 어둡게 하니 대소막론 헤매네

251
롯에게 천사들이 강하게 경고하네
너에게 속한 자녀 모두들 이끌어라
하나님 분노하심이 이 지역을 칠 거야

30) https://namu.wiki/w 동성결혼/국가별%20현황
31) 2023년도

252
천사의 경고 듣고 사위들 불러 모아
이 상황 자세하게 설명을 해주는 롯
이들은 농담 소리로 콧방귀도 안 뀌네

253
천사가 동틀 때에 롯에게 재촉하네
아내와 두 명의 딸 이끌어 떠나거라
이 성의 죄악 가운데 멸망할까 하노라

254
천사의 재촉 소리 롯에게 전했건만
떠남을 지체하니 천사가 끌어내네
자비의 여호와께서 구원의 길 주시네

255
밖으로 끌어낸 후 천사가 경고하네
생명의 보존 위해 돌아서 보지 마라
들에도 머물지 말고 고산으로 가거라

256
천사의 경고에도 떠나길 거절하네
높은 산 갈 수 없고 작은 성 생명 위협
이 믿음 아브라함과 전혀 다른 롯일세

257
강제로 쫓겨나서 소알[32)]에 도착하니
하나님 심판의 불 소돔과 고모라에
두고 온 소유물들에 애착심을 못버려

258
하나님 경고에도 순종을 경시하고
도망의 속도에도 핑계로 늦추더니
롯 아내 뒤돌아 보고 소금 기둥 되더라

259
소돔과 고모라의 심판의 농도 보니
연기가 옹기가마[33)] 치솟음 보았더라
부족한 롯의 구원은 아브라함 때문에

260
소알에 거주하기 두려운 롯의 생각
두 딸과 동행하여 산으로 올라가네
큰딸의 패륜적 행위 동생에게 제안해

261
우리는 배필 없고 가문엔 후손 없다
아버지 술을 먹여 우리가 동침하자
이러한 계획을 세워 순서대로 참여해

---

32) 작음
33) 화덕, 용광로

262
그들의 세운 계획 하나씩 실천하네
아버지 술마시고 취하게 한 다음에
큰딸이 동침하고서 그 안에서 나오네

263
언니가 동생에게 어제를 얘기하고
오늘은 너의 차례 아버지 후손 잇자
둘째 딸 언니의 제안 실천하고 나오네

264
아버지 딸들 동침 알지는 못했지만
딸들이 순서대로 아들을 낳기 시작
큰딸은 아들을 낳아 모압이라 이름져

265
작은 딸 아들 낳아 이름을 벤암미라
모압은 오늘날의 모압의 조상이고
오늘날 암몬 자손의 조상이 된 벤암미

창세기 제20장

266
한 번의 실수로도 만족을 못했는지
아내를 누이라고 반복한 아브라함
그랄왕 아비멜렉이 데려갔네 사라를

267
하나님 그랄왕의 꿈에서 경고하네
사라를 건드리면 반드시 죽을 거야
그 여자 남편이 있는 유부녀야 조심해

268
억울한 아비멜렉 강하게 항의하네
사라와 가까이도 안했다 주장하고
여인도 내 오라비라 속였음을 공개해

269
하나님 아비멜렉 꿈에 또 이르시되
온전한 너의 마음 전부터 알았기에
너에게 범죄치 않게 이런 과정 밟았다

270
한 번 더 말하지만 사라를 보내거라
그 남편 선지자라 너 위해 기도한다
보내면 살리겠지만 안 보내면 죽는다

271
그랄왕 그날 아침 종들을 불러 모아
지금껏 지내온 일 모두 다 알려주니
그들이 두려워하여 지혜의 삶 정하네

272
그랄왕 아브라함 불러서 질문하네
어떻게 이런 일을 나에게 행했느냐
대답을 셋으로 나눠 변명하는 겁쟁이

273
첫째는 이곳에는 하나님 안 믿으니
아내로 말미암아 내 삶이 보장 안돼
둘째는 실제적으로 이복 누이 맞아요

274
아비집 떠나라는 하나님 명령 순종
아내의 미모 문제 내 생명 위협하니
셋째는 가는 곳마다 오빠-누이 소개해

275
그랄왕 아브라함 세 가지 확인하고
오히려 양과 소와 종들을 붙여주네
사라는 은 천 개 받아 수치함을 풀었네

276
하나님 아브라함 기도를 들으시고
그랄왕 그의 아내 여종을 치료하네
사라를 보호하시려 주셨던 병 고쳐줘

277
하나님 보호하심 상황이 놀라운 것
사라의 사건으로 왕가의 출산 차단
하나님 세심한 관리 출산까지 허락해

창세기 제21장

278
하나님 말씀대로 사라를 돌보시고
예전의 약속대로 임신을 허락하네
출산의 시기가 되어 득남하는 노부부

279
태어난 아들 이름 웃음 뜻 이삭이라
노경에 득남한다 하나님 말씀까지
예전의 불신앙 웃음 현실화의 이름 뜻

280
백 세의 아브라함 사라는 구십 세라
낳은 지 팔일 만에 할례를 실행하고
기쁨이 넘치는 사라 하나님을 찬양해

281
이삭이 젖을 떼는 그날에 베푼 잔치
이복형 이스마엘 동생을 놀려대네
사라가 이 모습 보고 기업 위협 느끼네

282
하갈과 이스마엘 여기서 내쫓으라
내 아들 이삭에게 위협의 존재로다
이 일로 아브라함은 근심 걱정 크더라

283
하나님 아브라함 권고의 말씀으로
사라가 네게 한 말 모두 다 실행하라
네 씨는 이삭에게서 나는 자가 맞단다

284
어떻게 해야 할지 근심과 걱정하니
네 아들 이스마엘 걱정을 하지 마라
큰 민족 이루어낸다 하나님이 위로해

285
하나님 위로받고 힘 얻는 아브라함
일찍이 일어나서 떡과 물 가득 채워
하갈의 어깨에 메고 떠나도록 안내해

286
광야인 브엘세바 도착한 하갈 모자
먹을 것 떨어지니 이제는 죽음밖에
방법을 찾을 수 없어 좌절하는 두 모자

287
아들이 죽는 것을 보지를 못한다고
자식을 관목덤불[34] 아래에 남겨두고
거리를 화살 한 바탕[35] 떠나 와서 대통곡

---

34) 관목덤불 : 가시덤불을 이룬 작은 나무들
35) 화살의 최대 사거리 : 270m 정도

288
하나님 이스마엘 울음을 들으시고
사자를 보내셔서 하갈을 위로하네
하갈아 두려워 말라 하나님이 아신다

289
아이를 일으켜서 손으로 붙들어라
네 아들 큰 민족을 이루게 하리로다
하갈의 눈을 밝히니 물을 떠다 마시네

290
하나님 그 아이와 함께해 주셨는데
장성한 이스마엘 활쏘는 무사 되네
하갈이 애굽 땅에서 아들 아내 데려와

291
하나님 인류 사랑 그때나 지금이나
기본적 삶의 환경 똑같이 주시누나
하갈의 아라비아족 오늘날에 이르네

292
아내를 누이라고 속여서 했던 충돌
하나님 함께하심 발견한 아비멜렉
평화의 협정을 맺어 우호 관계 요청해

293
지금껏 네게 베푼 후의를 생각하고
너 또한 이 땅에서 厚待[36]를 실행하라
이 맹세 後代에까지 거짓 없이 행하자

294
맹세를 수용하고 과거 일 책망하네
판 우물 빼앗았던 종들의 나쁜 행동
그 사실 몰랐다면서 아비멜렉 인정해

295
언약의 체결 의식 양과 소 교환하네
별도의 일곱 암양 내놓은 아브라함
우물 판 증거라면서 브엘세바[37] 이름해

296
언약 후 아비멜렉 블레셋 땅에 가고
그 땅에 에셀 나무 심어논 아브라함
영원한 여호와 이름 거기에서 부르네

---

36) 후(厚)하게 대접(待接)함
37) 맹세의 우물

창세기 제22장

297
하나님 아브라함 불러서 시험하되
네 아들 독자 이삭 제물로 바치거라
정해준 모리아 땅의 그 산으로 가면 돼

298
일찍이 일어나서 나귀에 안장 얹고
두 종과 아들 이삭 데리고 출발하네
순간도 주저함 없이 순종하는 그 믿음

299
삼 일을 걸어가서 목적지 도달했네
너희는 여기에서 나귀와 기다려라
저기서 아들과 함께 예배하고 올 거야

300
제물이 이삭인데 귀가를 얘기함은
죽어도 다시 사는 확신을 보여주네
믿음의 조상이라고 선택받은 증걸세

301
아들은 번제 나무 등으로 지고 가고
아비는 불과 칼을 손으로 들고 가네
이삭이 번제할 제물 어디 있나 질문해

302
아들아 어린 양은 하나님 준비하니
우리는 올라가서 제사만 드리면 돼
도착해 제단을 쌓고 나무 벌여 놓았네

303
제단을 쌓은 후에 이삭을 결박하고
손으로 칼을 잡고 아들을 잡으려 해
멈춰라 아브라함아 너의 믿음 알겠다

304
하나님 준비하신 숫양을 보여주니
수풀에 걸려있어 잡아다 번제물로
그 땅을 여호와 이레[38] 오늘까지 이르네

305
하나님 아브라함 두 번째 부르셔서
네 아들 독자까지 아끼지 아니하니
네 씨가 하늘의 별과 바다 모레 같단다

306
네 씨가 대적의 문 차지도 할 것이고
천하의 복의 통로 네 씨가 해낼 거야
일고의 망설임 없는 네 믿음이 그 원인

---

38) 여호와께서 준비하심

307
하나님 복을 받은 믿음의 아브라함
하산 후 동행했던 종들과 함께 떠나
모두가 브엘세바에 거주하며 살더라

308
이동 후 아브라함 형제의 소식 듣네
동생인 나홀에게 밀가란 부인 이름
맏아들 우스로부터 여덟째는 브두엘

309
우스가 첫째 아들 부스가 둘째 아들
브두엘 여덟째요 그의 딸 리브가라
이삭의 아내 이름이 여기에서 등장해

창세기 제23장

310
사라가 다한 수명 햇수로 백이십 칠
헤브론 가나안 땅 가족을 떠나가네
아내의 죽음을 보며 아브라함 애통해

311
아내의 장례 위해 헷 족속 찾아가네
당신들 땅 중에서 매장지 내게 파소
나에게 죽은 내 아내 장사하게 해주오

312
내 주여 들으소서 어디든 택하소서
당신은 하나님이 세우신 지도자니
우리의 묘실 중에서 선택해서 쓰세요

313
헷 족속 향하여서 몸 굽힌 아브라함
언제나 겸손하게 빛으로 소금으로
이러한 아브라함 삶 존중하는 헷 족속

314
진지한 소통 속에 묘지를 요청하네
에브론 막벨라 굴 충분한 대가 제안
내 주여 그리 마시고 밭과 굴도 쓰세요

315
또다시 몸을 굽힌 겸손의 아브라함
백성이 듣는 데서 진솔한 제안하네
밭값을 지불할 테니 받으시오, 내게서

316
난감한 에브론이 땅값을 제시하며
비용은 관여 말고 장사를 간청하네
그래도 은 사백 세겔 비용으로 지불해

317
성문에 들어왔던 헷 족속 보는 데서
에브론 밭과 굴의 소유를 넘겨주네
사라는 막벨라 굴에 안전하게 묻혔네

318
존경의 대상이던 신실한 아브라함
埋葬地 구입 과정 하나님 말씀 順行
오늘날 우리들 삶의 모범이요 길잡이

창세기 제24장

319
범사에 복을 받아 형통한 아브라함
신뢰한 늙은 종을 불러서 명령하네
네 손을 내 허벅지의 아래에다 넣거라

320
만천하 하나님께 맹세를 하게 한 종
신실한 다메섹인 늙은 종 엘리에셀[39]
내 아들 이삭을 위해 그의 처를 찾거라

321
한 가지 분명한 것 반드시 지키거라
가나안 족속의 딸 선택은 하지 말고
내 고향 내 족속 중에 며느리를 찾거라

322
여자가 나를 따라 이 땅에 안 오면은
이삭을 인도하여 그 땅에 가리이까
안된다 그리 말아라 아브라함 거절해

323
나에게 아버지 집 내 고향 떠나게 해
이 땅을 네 씨에게 주리라 하셨으니
사자가 너보다 앞서 행할 길을 열거야

---

39) 엘리에셀은 창 15:2절에 나오는 종이다. 하나님께서 아브라함에게 주신 복의 창
  12:2-3절을 의문시했던 것을 넘어선 아브라함의 믿음이다.

324
거기서 내 아들의 아내를 선택하라
여자가 따라오려 하지를 않는다면
상관이 없는 자이니 너무 집착 말거라

325
주인께 맹세하고 주인을 떠나는 종
낙타는 열 필이요 좋은 것 가져가네
도착한 나홀의 성은 하란이란 지방명

326
성 밖의 우물곁에 낙타를 세웠는데
오후의 저녁때라 여인들 물을 긷네
하인이 아브라함의 하나님께 기도해

327
하나님 여호와여 은혜를 베푸소서
물긷는 여인에게 마실 물 요청할 때
내 소유 낙타에게도 주는 여인 할게요

328
기도를 마치기 전 리브가 등장하네
브두엘 소생으로 삼촌은 아브라함
보기도 아리땁지만 지금까지 동정녀

329
하인이 달려가서 나에게 물 좀 주소
내주여 마시소서 낙타도 주리이다
이 상황 여호와께서 평탄한 길 주신 길

330
낙타가 물 마시기 마치고 난 다음에
반 세겔 금 코걸이 열 세겔 손목 고리
하인이 그 여인에게 감사 선물 전하네

331
감사의 반응으로 선물을 제공하고
유숙도 확인하고 신분도 확인하니
밀가가 나홀에게 난 브두엘의 딸이네

332
하인이 머리 숙여 경배를 여호와께
내 주인 아브라함 하나님 여호와여
주님을 찬송합니다 형통한 길 감사해

333
소녀가 달려가서 집안에 통보하니
동생이 받은 선물 상황을 인지하고
리브가 오라버니가 종에게로 달려가

334
하인은 에벤에셀⁴⁰⁾ 신실한 자이기에
한 치의 빈틈없이 하나님 의지하네
우물가 낙타 곁에서 여인 가족 기다려

335
라반이 도착하여 인사를 전달하네
여호와 하나님께 복 받은 자이시여
당신과 낙타의 처소 준비하여 놨네요

336
하인이 초대받은 집으로 들어가매
라반이 낙타의 짐 부리고 쉬게 하네
하인과 동행자들의 씻을 물도 제공해

337
음식을 만들어서 초대인 먹게 하니
하인이 먹기 전에 진술을 제안하네
라반이 그의 제안을 받아들여 주었네

338
하인은 아브라함 종임을 밝히고서
주인의 복 받음과 노후의 득남 설명
며느리 선택 명령의 실행임을 밝히네

---

40) 창 15:2-3; 24:2; 24:12-67

339
나에게 주인께서 맹세케 하셨는데
내 아들 아내 선택 가나안 여인 말고
내 조상 족속에게서 데려오라 했어요

340
하나님 여호와가 사자를 동행시켜
너에게 평탄한 길 줄 테니 걱정 말라
주인이 말씀한 대로 형통한 길 왔네요

341
진행된 스케줄을 꼼꼼히 설명하되
출발의 시점부터 지금의 과정까지
한순간 빈틈없음을 꼼꼼하게 설명해

342
성 밖의 우물에서 만났던 리브가와
기도한 내용대로 전개된 상황들은
하나님 여호와께서 준비하신 스케줄

343
상황을 전해 들은 리브가 가족들 曰
이 일은 여호와의 주관된 일이기에
우리가 거부한다고 말할 수가 없노라

344
리브가 당신 앞에 있으니 데리고 가
여호와 명령대로 진행을 하십시다
당신의 주인의 아들 아내 되게 하시오

345
그들의 말을 들은 하인의 특별 행동
엎드려 여호와께 경배를 먼저 하고
의복과 은금 폐물을 가족에게 선물해

346
하루를 유숙하고 아침에 일어난 종
이제는 주인에게 가겠다 요청하네
가족이 귀향 일자를 열흘까지 요청해

347
하인이 가족에게 강하게 말하기를
나에게 형통한 길 하나님 주셨으니
우리를 주인에게로 돌아가게 하소서

348
귀향의 선택권을 리브가 받았는데
일언의 반구 없이 빠르게 대답하네
당장에 가겠나이다 부정 아닌 긍정 답

349
가족들 리브가에 축복을 쏟아내네
누이여 천만인의 어미가 될지어다
네 씨로 원수의 성문 얻어내라 간구해

350
리브가 일어나서 여종들 낙타 태워
하인을 따라가니 리브가 모시고 가
순탄한 귀향의 길로 네게브에 도착해

351
이삭이 저물 때에 들에서 묵상하니
리브가 하인에게 누구냐 물어보네
저분이 주인입니다 리브가는 너울쳐[41]

352
하인이 진행된 일 주인께 보고하니
이삭이 리브가를 어머니 장막[42]으로
그녀를 맞이하여서 부부관계 형성해

353
하나님 인도대로 이삭은 결혼하여
아내를 맞이하고 사랑을 나누었네
어머니 장례한 후에 위로함을 얻었네

---

41) 아직 결혼하지 않은 처녀임을 보이는 행동
42) 신부의 방으로 사용 됨

창세기 제25장

354
사라가 죽은 후에 후처를 얻었는데
이름은 그두라요 후손도 만만찮네
세심한 아브라함 뜻 후손에게 전달돼

355
재산을 분류하되 전부를 이삭에게
후처의 자손에게 재산도 나눠주고
그들을 자기 생전에 동방으로 보내네

356
나이가 높고 늙어 향년을 맞이했네
백 세를 넘기고도 살아온 칠십오 세
이삭과 이스마엘이 장례 절차 치르네

357
장사를 지낸 곳이 에브론 막벨라 굴
살아서 비싼 대금 지불한 무덤일세
사라와 아브라함이 같은 장소 묻혔네

358
하갈이 낳은 아들 이름이 이스마엘
그들의 후손들도 줄줄이 이어지네
향년이 백삼십칠 세 이 세상을 떠나네

359
사십 세 장가 들어 자녀가 없는 이삭
간구로 하나님께 후손을 요청하네
하나님 기도를 들어 쌍둥이를 주셨네

360
특별한 임신 과정 태에서 싸우누나
리브가 고통 속에 이삭이 당황하네
이 상황 여호와 앞에 아뢰고서 답 듣네

361
태중에 두 아들이 자리를 잡았구나
민족이 복중에서 나뉨을 보인 거다
큰 자가 작은아들을 섬길 거야 기억해

362
해산의 기한이 차 리브가 출산하네
온몸에 털이 많아 에서라 칭한 장남
발꿈치 잡고 태어난 야곱이란 둘째 兒

363
이삭이 육십 세에 태어난 두 아들이
당당히 장성하여 에서는 사냥꾼이
조용한 성품의 야곱 장막 안에 거주해

364
큰아들 사냥 고기 아버지 좋아하고
경건을 유지하는 둘째의 조용한 삶
이삭은 에서를 사랑 야곱 사랑 리브가

365
사냥에 진이 빠진 에서의 귀가 행동
야곱이 만든 죽을 보고서 달라 하네
줄 테니 장자의 명분 내게 팔라 요청해

366
야곱이 던진 제안 에서가 수용하네
배고파 죽는다면 장자권 뭘 필요해
그 귀한 장자의 명분 나무 쉽게 생각해

367
야곱이 맹세 요청 에서는 맹세 수행
동생이 떡과 팥죽 건네니 받아먹네
진지한 맹세를 통해 장자 특권 넘기네

창세기 제26장

368
흉년이 찾아오니 그랄[43]로 내려가네
하나님 이삭에게 애굽행 막으시고
너에게 명하는 땅에 거주하며 살아라

369
이 땅에 거주하면 모든 땅 네게 주마
이것은 아비에게 약속한 내용이다
네 자손 천하 만민의 복의 근원 될 거야

370
하늘의 별과 같이 네 자손 번성함은
네 아비 아브라함 내 말의 순종 결과
내 명령 나의 계명과 내 율례와 내 法度

371
하나님 복의 근원 밝히신 이유 뭘까
이삭에 한정하여 같은 복 주시련가
오늘날 우리의 삶에 실천하란 메시지

372
그랄에 머문 이삭 리브가 미모 걱정
사람들 관계 묻자 누이라 속임 쓰네
자기를 죽일까 하여 아내라고 못하네

---

43) 팔레스타인에서 애굽으로 가는 隊商路(대상 : 사막이나 초원과 같이 교통이 발달
   하지 않은 지방에서 낙타나 말에 짐을 싣고 떼를 지어 먼 곳으로 다니면서 특산
   물을 교역하는 상인의 집단을 말한다)에 위치한 지역으로 지중해 해안 근처에 있
   던 블레셋(창 10:19) 마을로 아브라함 당시 아비멜렉이 다스린 지역

373
이삭이 리브가를 껴안은 장면 포착
블레셋 아비멜렉[44] 창으로 내다봤네
그 여인 네 아내거늘 누이라고 속였나

374
이삭이 속인 이유 내놓은 답을 보면
아내라 얘기하면 죽일까 두렵다고
아버지 아브라함과 동일 방법 썼구나

375
이삭의 답을 들은 화가 난 아비멜렉
백성 중 네 아내와 동침을 했더라면
그 죄가 우리들에게 임했으리 책망해

376
하나님 이삭 보호 블레셋 왕의 선행
창대함 왕성함에 사람들 시기하니
우리를 떠나가시오 아비멜렉 청하네

377
그곳을 떠난 이삭 그랄에 장막치고
아버지 팠던 우물 메웠던 블레셋인
이삭이 다시 파고서 옛 이름을 회복해

---

44) '아비멜렉'은 애굽의 '바로'나 로마의 '가이사'처럼 블레셋 통치자의 명칭을 말한
다. 여기 아비멜렉은 아브라함 때의 아비멜렉의 후손으로 예측된다.

378
회복한 우물 보고 쫓아온 그랄 목자
이 물은 우리의 것 이삭과 다툼하네
삶에서 필요한 것이 먹을 물이 아닌가

379
우물을 팔 때마다 그랄과 싸움 나네
첫 번째 우물 이름 다툼의 에섹[45]으로
두 번째 우물 이름은 대적한단 싯나라[46]

380
장소를 옮겨가서 세 번째 우물 파네
이번엔 그랄 목자 다툼을 행치 않네
장소가 넓다는 의미 우물 이름 르호봇[47]

381
거기서 올라가서 도착한 브엘세바
그 밤에 하나님이 그에게 나타나사
이삭아 두려워 말라 위로하며 복 주네

382
나의 종 아브라함 그에게 복을 주려
너에게 복도 주니 네 자손 번성한다
이삭이 제단을 쌓고 여호와를 찬양해

---

45) 히브리어로 다툼이란 뜻
46) 히브리어로 대적한다란 뜻
47) 히브리어로 넓은 지역이란 뜻

383
이삭의 승승장구 주변이 긴장하고
블레셋 아비멜렉 동료들 동원하여
멀리 간 이삭을 찾아 계약 체결 청했네

384
너희가 어찌하여 이곳에 찾아왔나
우리와 너 사이에 계약을 맺으련다
이유는 여호와께서 너와 동행 하는 것

385
우리를 해치 말라 너희를 보호했다
너에게 선한 일만 베풀고 보냈노라
이삭이 잔치 베풀고 하룻밤을 즐기네

386
아침에 일어나서 맹세 후 떠나가고
종들이 파논 우물 세바로 이름하니
이름이 브엘세바[48]로 오늘까지 이르네

387
이삭과 리브가의 마음에 생긴 근심
에서가 사십 세에 아내를 맞았는데
이방인 헷족속에서 두 명이나 택했네

---

48) 맹세의 우물이란 뜻이다. 앞의 '세바'는 '맹세'라는 뜻

창세기 제27장

388
이삭이 나이 많아 두 눈이 흐려지니
맏아들 불러다가 앞에다 세워놓고
늙음을 이야기하고 축복 예언 알리네

389
에서야 나를 위해 사냥을 해오거라
별미를 만들어서 맛있게 먹고 나면
너에게 내 마음 다해 축복하마 아들아

390
리브가 이런 상황 모두다 들은 후에
에서가 사냥 가자 야곱을 불러놓고
이 상황 전달하고서 세심 계획 전하네

391
염소 떼 찾아가서 두 마리 잡아 오라
아버지 즐기시는 별미를 만들 테니
그것을 드시게 하고 축복 유언 받거라

392
어머니 하신 말씀 야곱의 의문 사항
형 피부 털이 많고 내 피부 매끈한데
아버지 속이는 자로 저주할까 두려워

393
아들아 걱정 마라 저주는 내가 지마
내 말에 순종하고 염소를 가져오라
리브가 이삭을 위해 별미 음식 만드네

394
어머니 야곱 위해 에서 옷 입게 하고
염소의 새끼 가죽 손과 목 닿게 입혀
특별한 별미와 떡을 야곱에게 전하네

395
야곱이 이삭에게 다가서 불렀더니
여기에 나 있노라 아들아 너 누구냐
맏아들 에서입니다 거침없는 거짓말

396
아버지 말씀대로 사냥을 다녀와서
별미로 만들어서 가지고 왔습니다
맛있게 드시고 나서 내게 복을 주소서

397
에서야 어찌 이리 빠르게 잡았느냐
하나님 여호와가 도움을 주셨어요
아들아 가까이 오라 만져보면 안단다

398
야곱을 만진 이삭 무언가 이상하네
음성은 야곱인데 모습은 에서구나
장차남 구별 못하고 야곱에게 복을 줘

399
아들아 네가 만든 음식을 가져오라
사냥한 고기 먹고 마음껏 축복하마
야곱이 가지고 가니 음식 음주 아버지

400
아들아 이리 와서 나에게 입 맞추라
야곱이 다가가서 그에게 입 맞추니
야곱 옷 향취를 맞고 축복의 말 이르네

401
내 아들 향취에는 여호와 주신 향취
하나님 하늘 이슬 이 땅의 기름짐과
풍성한 곡식 포도주 주시기를 원한다

402
만민이 너 섬기고 열국이 굴복하고
형제들 주가 되고 그들이 굴복하며
저주자 저주를 받고 축복한 자 복 받길

403
이삭의 축복받은 야곱이 나아가니
사냥을 하러 갔던 에서가 돌아오네
별미를 장만하고서 아버지께 드리네

404
아버지 일어나서 마음껏 드십시오
아들이 사냥해서 요리한 별미에요
드시고 축복하소서 내 가슴이 뜁니다

405
당황한 아버지가 그에게 질문하네
아들아 너 누구냐 맏아들 에서에요
이삭이 심히 놀라고 크게 떨며 말하네

406
사냥한 고기라고 나에게 가져와서
별미라 유도하여 먹고서 축복했다
그에게 빌었던 복은 그가 받아 누린다

407
에서가 소리 내어 울면서 간청하네
아버지 나에게도 축복을 해주세요
야곱이 나를 속여서 너의 복을 꿰찼다

408
에서가 동생에게 당했던 속임수가
첫째는 장자 명분 둘째는 축복 강탈
아버지 억울합니다 내게 복을 주소서

409
아들아 어떡하니 그에게 던진 복은
야곱을 너의 주로 세우고 선포했다
그리고 모든 형제를 다스리게 했단다

410
아버지 아버지가 빌 복이 하난가요
내게도 복 주소서 소리를 높여 우니
이삭이 마지못해서 에서에게 말하네

411
이삭이 에서에게 답으로 하는 말이
네 주소 땅의 기름 이슬도 멀 것이며
칼로서 생활하겠고 내 아우를 섬긴다

412
이삭의 말을 들은 에서의 분노 폭발
아버지 별세 때가 멀지가 않았으니
반드시 죽일 것이야 참을 수가 없구나

413
에서의 분노의 말 리브가 듣고 나니
야곱이 걱정되어 사실을 전해주네
에서가 너를 죽여서 화를 풀려 한단다

414
아들아 이곳 떠나 하란에 내려가라
내 오빠 라반에게 피하여 지내거라
형의 노 풀리기까지 그곳에서 지내라

415
에서의 노가 풀려 상황을 잊게 되면
사람을 보내어서 집으로 불러오마
어떻게 하루아침에 두 아들을 잃으랴

416
리브가 이삭에게 야곱을 보내자 해
헷 사람 며느리로 맞을 수 없다면서
오빠가 사는 곳으로 보내자고 제안해

창세기 제28장

417
이삭이 야곱에게 축복과 당부하네
가나안 딸들 중에 아내를 선택 말고
삼촌 집 밧담아람에 들어가서 택하라

418
라반의 딸 중에서 아내를 맞이하면
하나님 복 주시니 생육과 번성이다
조부모 아브라함이 받을 복이 네 거야

419
아버지 떠난 야곱 도착지 밧담아람
외삼촌 라반인데 브두엘 아들이네
관계를 연결해 보니 어머니의 오라비

420
야곱이 받은 축복 에서가 생각하니
이방인 아내 삼은 자기의 잘못 인정
본처 외 이스마엘 딸 마할랏을 아내로

421
야곱이 브엘세바 떠나서 하란으로
한곳에 이르러서 돌베개 삼고 자니
꿈속에 나타난 다리 하늘까지 닿았네

422
하나님 사자들이 위에서 오르내려
긴장한 야곱에게 여호와 말씀하네
나는야 여호와니라 네 조상의 하나님

423
야곱아 누워 있는 그 땅을 네게 주니
네 자손 티끌같이 사방에 번질 거야
세상의 모든 족속의 복의 근원 될 거다

424
어디를 가더라도 언제든 지켜주마
너에게 이 땅으로 돌아서 오게 하고
반드시 너를 떠나지 아니하마, 힘내라

425
아침에 잠이 깨어 야곱이 이르는 말
하나님 여호와가 여기에 계시거늘
알지를 못하였도다 반성하는 깨달음

426
야곱이 두려워서 외치며 하는 말이
이곳은 하나님 집 하늘의 문이로다
베개로 삼았던 돌을 기둥으로 세우네

427
기둥을 세우고서 그 위에 기름 붓고
벧엘로 이름하니 옛 이름 루스더라
야곱이 서원을 하고 간절하게 기도해

428
하나님 나와 함께 계시길 원합니다
나의 길 지키시고 먹을 것 입을 것도
평안히 아버지 집에 돌아오게 하소서

429
기둥 된 세운 이 돌 하나님 집이 되고
하나님 내게 주신 모든 것 십분의 일
반드시 구분하여서 드릴게요, 하나님

창세기 제29장

430
야곱이 길을 떠나 동방에 이르렀고
머문 곳 양을 치는 목자들 상견하네
큰 돌로 우물 관리를 할 정도로 큰 평야

431
목자와 소통하여 대화를 시작하네
형제여 어디에서 왔는고 물어보니
그들이 대답하기를 하란에서 왔노라

432
이러한 상황들이 우연의 일치일까
하나님 야곱 위한 세심한 인도일까
오늘날 우리의 길도 돌아보면 알아요

433
야곱이 그들에게 궁금을 물어보네
나홀의 아들 라반 너희들 알고 있나
그들이 대답하기를 알고 있네 하더라

434
반가운 마음으로 야곱의 재차 질문
라반의 평안 묻자 그렇다 답을 하고
그의 딸 목양을 하는 라헬까지 소개해

435
엇갈린 목양 의견 나누고 있는 사이
아버지 양을 치는 여인이 도착하네
야곱이 그의 외삼촌 라반의 딸 만나네

436
외삼촌 양을 보고 야곱이 나아가서
우물의 돌을 옮겨 양 떼에 물도 주고
라헬과 입 맞추고서 소리 내어 울더라

437
라반은 나의 삼촌 조카라 설명하고
어머니 이름으로 리브가 공개하네
라헬이 집에 달려가 이 상황을 보고해

438
라헬의 보고 들은 라반의 특별 행동
집에서 달려 나와 야곱을 찾아가네
그에게 입 맞추고서 자기 집에 인도해

439
야곱이 모든 일을 삼촌에 전달하니
라반이 이르기를 참으로 내 조카다
그 후에 한 달 동안을 삼촌 집에 거하네

440
한 달이 지난 후에 라반의 특별 제안
너 비록 생질이나 내 일만 하겠느냐
품삯을 어떻게 할지 생각하고 말해라

441
라반의 여식들은 레아와 라헬이라
야곱은 둘째 딸인 라헬을 사랑하네
결혼을 조건 삼아서 칠 년 봉사 요청해

442
라반도 결혼 조건 흔쾌히 받아주니
야곱이 라헬 위해 칠 년을 섬기는데
너무나 사랑하기에 며칠같이 여기네

443
칠 년을 봉사하고 결혼을 요청하니
잔치를 排設하고 한방을 차려주고
라반은 라헬이 아닌 언니 레아 보내네

444
아침에 일어나서 야곱의 강력 항의
외삼촌 어찌하여 이같이 하셨나요
야곱이 항변했지만 결혼 룰로 넘어가

445
칠 일을 더 채우면 라헬도 줄 것이고
그 조건 수용하면 칠 년을 더 섬겨라
아이고 이를 어쩌나 라헬 위해 재협상

446
칠 년의 봉사 연장 라헬도 夫人으로
사랑의 순위라면 레아가 못 미치네
하나님 상황 보시고 레아에게 자녀복

447
레아가 낳은 아들 르우벤 시작하여
시므온 둘째이고 레위가 셋째 아들
유다가 네 번째 아들 그 뒤로는 멈추네

창세기 제30장

448
무자녀 라헬에게 극도의 분노 발생
아들을 낳게 하라 아니면 죽겠노라
야곱이 성을 내면서 불임 원인 설명해

449
그대의 임신 불허 내 능력 아니로세
생명의 주관자는 하나님 한 분이니
어떻게 그분 역할을 내가 할 수 있겠나

450
야곱의 설명 수용 라헬의 특별 제안
내 여종 빌하에게 들어가 합방하라
그러면 그로 인해서 나의 자식 얻게 돼

451
라헬이 그의 시녀 빌하를 넘겨주니
야곱이 빌하와의 합방을 시도하네
그녀가 임신을 하여 아들들을 낳았네

452
빌하가 낳은 아들 라헬이 이름 짓네
큰 아들 단⁴⁹⁾이라고 둘째는 납달리⁵⁰⁾라
언니와 경쟁이 아닌 경쟁으로 다투네

---

49) 억울함을 푸심
50) 경쟁함

453
레아도 자기 출산 멈춤을 인지하고
실바란 그의 시녀 아내로 삼게 하네
이름이 갓[51]과 아셀[52]로 태어났던 순서네

454
라헬의 레아 대항 특이한 투쟁 발생
르우벤 합환채의 매매를 요구하네
야곱과 합방을 위해 자매지간 합의해

455
야곱과 합방을 한 레아의 임신 소식
다섯째 잇사갈[53]과 스불론[54] 여섯째로
그 후에 딸도 낳으니 그녀 이름 디나라

456
하나님 무자녀의 라헬을 생각하사
임신을 허락하사 아들을 주시었네
이름을 아들 원함의 요셉[55]이라 지었네

457
삼촌과 맺은 계약 완료한 야곱의 삶
일가족 이끌고서 귀향을 요청하네
품삯을 빌미로 해서 다시 잡는 외삼촌

51) 복됨
52) 기쁨
53) 값
54) 거함
55) 더함

458
라반이 야곱에게 넌지시 하는 말이
여호와 너로 인해 나에게 복주셨다
이제는 품삯 정하라 정한 대로 줄 테니

459
삼촌 댁 재산 소유 처음엔 적었는데
하나님 나를 통해 복으로 주셨네요
이제는 나의 가족이 독립해서 살래요

460
무엇을 네게 주랴 질문에 야곱 반응
대가는 원치 않고 새로운 방안 제안
이 일을 지킨다면은 가축 양육 약속해

461
야곱이 삼촌에게 제안한 내용 보면
인간의 상식으로 이해가 불가능해
야곱의 이러한 상황 누굴 믿고 했을까

462
양에는 아롱진 것 검은 것 점 있는 것
염소는 점 있는 것 그리고 아롱진 것
이것만 구분을 하여 품삯으로 요청해

463
야곱이 제안한 것 라반이 허락하네
허락의 이유 보면 불가능 제안이니
속으로 비웃었음을 승낙으로 확인돼

464
양, 염소 이상 유무 꼼꼼히 점검하고
순전한 양과 염소 남겨서 두고 가네
라반과 야곱 사이는 사흘 길로 떨어져

465
야곱의 목축 방법 어떻게 실천할까
상상을 초월하고 상식을 벗어나네
태어난 새끼들 보면 의아함이 증가해

466
이런 일 가능할까 불가능 현실화로
검은 양 얼룩 염소 줄줄이 태어나네
이러한 기적들까지 하나님이 간여해

창세기 제31장

467
야곱의 재산 급증 분위기 심상찮고
라반의 아들들이 갈취론 거론하네
드러난 삼촌의 안색 전과 같지 않더라

468
하나님 야곱에게 찾아와 말씀하네
네 조상 족속에게 이제는 돌아가라
언제나 너하고 함께 있을 거야 하시네

469
레아와 라헬 불러 상황을 설명하네
그동안 라반에게 당했던 고통부터
하나님 인도하심을 세심하게 알려줘

470
그대들 이버지를 정성껏 섬겼건만
내게 줄 품삯 변경 열 번을 해댔단다
하나님 그를 막으사 해치지는 못했지

471
어떻게 양과 염소 얼룩이 있겠느냐
하나님 기적으로 나에게 복 주셨지
그대들 아버지에게 빼앗아서 주셨어

472
꿈에서 하나님이 나에게 찾아오셔
라반이 네게 행한 일들을 보았노라
이제는 여기를 떠나 서원기도 지켜라

473
고통의 상황부터 기도의 내용까지
야곱이 세심하게 설명을 해주었네
아내들 주저함 없이 남편 말에 동의해

474
우리는 아버지 집 유산이 없습니다
아버지 우리 팔고 우리 돈 먹었네요
우리를 외국인처럼 여기는 것 아닌가

475
아내들 동의하에 탈출을 시도하네
라헬은 아버지의 드라빔 훔쳐 가고
지금껏 모은 소유를 꼬박 챙겨 떠나네

476
강 건너 길르앗 산 향하여 떠나가니
도망 후 사흘 만에 상황이 드러나고
라반이 칠 일 동안을 뒤쫓아와 이르네

477
하나님 자애 자비 야곱을 지키시네
뒤쫓는 라반에게 뚜렷한 메시지로
선악 간 말하지 말라 현몽으로 경고해

478
야곱이 머문 곳에 라반도 진을 치고
대화를 시도하며 비논리 공박하네
내 딸들 잡힌 자 같이 끌고 가면 안 된다

479
내 곁을 떠난다면 즐겁게 보낼 텐데
딸들과 손자들과 송별도 막았구나
이러한 너의 행위는 어리석다, 참으로

480
라반의 말과 행동 진실은 보이잖고
어떠한 실수라도 찾고자 하는구나
그러한 라반의 행위 섬뜩하지 않은가

481
하나님 야곱 보호 라반도 인정하며
또 다른 잘못 행위 찾으려 하는구나
가는 것 좋다 하지만 나의 神을 훔쳤니

482
아내들 빼앗길까 두려워 도망했지
외삼촌 드라빔을 그 누가 훔쳤겠소
그것이 발견되거든 훔친 자를 죽여요

483
드라빔 훔친 것을 야곱도 몰랐던 일
라헬은 지혜롭게 안장에 감추었네
라빈의 꼼꼼한 추적 못 찾고서 끝나네

484
드라빔 찾지 못한 이유 중 하나인데
장막을 뒤질 때에 라헬은 낙타 타고
생리를 핑계로 해서 내려오지 않았네

485
야곱이 분노하여 삼촌을 책망하네
나에게 무슨 죄가 있다고 판단하나
샅샅이 뒤집어 보고 찾은 것이 뭐 있나

486
이십 년 외삼촌과 함께한 나였지만
암양들 암염소들 한 번도 낙태 안 해
어느 것 한 마리라도 먹어본 적 없네요

487
낮에는 더위 싸움 밤에는 추위 싸움
눈 붙일 겨를 없이 이십 년 지냈네요
도둑을 맞았을 때도 내게 물은 그 책임

488
이십 년 외삼촌 댁 종처럼 살아왔소
십사 년 두 딸 위해 육 년은 품삯 위해
삼촌은 품삯 변경을 열 번이나 했어요

489
하나님 보호하심 나에게 없었다면
강제로 내 소유물 빼앗고 쫓았겠죠
하나님 그것 아시고 책망하신 겁니다

490
라반은 진정 어린 반성은 하지 않고
도리어 강제 언약 맺자고 제안하네
야곱의 모든 소유를 자기 거라 표현해

491
야곱이 돌 가지고 기둥을 세워놓고
돌들을 가져다가 무더기 만들었네
둘 사이 증거가 된다 이름하여 갈르엣[56]

---

56) 증거의 돌무더기, 아람 방언으로는 '여갈사하두다'

492
라반의 비겁함은 여전히 변함없네
딸들을 핑계 삼아 야곱을 겁박하고
무더기 경계로 삼아 서로 넘지 말자네

493
라반은 다신론적 맹세로 다짐하고
야곱은 하나님께 맹세로 다짐하네
갈등의 유부유자[57]는 화친조약 완성해

494
산에서 제사하고 형제들 불러 모아
떡들을 나눠 먹고 산에서 밤새우네
식사를 한다는 것은 인정, 용인 함일세

495
아침에 일어나서 손자들 딸들에게
안아서 입 맞추고 축복을 선언하네
라반의 이러한 행위 귀향으로 마치네

---

57) 猶父猶子: 삼촌과 조카를 아울러 이르는 말

창세기 제 32장

496
야곱이 가는 길에 하나님 사자 등장
구태여 보여주신 이유가 무엇일까
언제나 보호하심을 확인시켜 주셨네

497
야곱이 그들 보고 하나님 군대 확인
그 땅의 이름까지 뜻으로 마하나임[58]
언제나 어디에서나 지키시는 하나님

498
세일 땅 에돔 들에 있는 형 에서에게
사자를 먼저 보내 귀향을 보고케 해
보고의 내용까지도 꼼꼼하게 알려줘

499
라반과 지금까지 머물러 있었지만
나에게 소와 나귀 양 떼와 노비까지
내 주께[59] 알려드리고 은혜받기 원해요

500
돌아온 사자들이 야곱에 보고한 말
우리가 에서에게 이른즉 보인 행동
주인을 만나기 위해 사백 명과 오네요

---

58) 천사의 무리들
59) 야곱이 에서를 일컬은 말

501
야곱이 보고받고 심히도 두려워 해
함께한 동행자들 짐승을 둘로 나눠
한 떼가 공격당하면 남은 한 떼 피하자

502
다급한 야곱 태도 피할 길 예비하고
과거에 약속하신 하나님 말씀 報告[60]
네 고향 네 족속에게 돌아가라 했어요

503
주께서 베푸셨던 은총과 진실하심
지금도 감당하기 어려운 주의 은혜
빈손이 건넜던 강을 두 떼 이뤄 왔네요

504
내주여 구하오니 형의 손 막으소서
에서의 예전 분노 지금도 있다면은
저 포함 제 처자들을 죽일까 봐 겁나요

505
주께서 제게 주신 약속이 이겁니다
너에게 은혜 주어 네 씨를 줄 터인데
바다의 셀 수가 없는 모래처럼 될 거야

---

60) 지시 또는 감독하는 자에게 주어진 일의 내용이나 결과 따위를 말이나 글로 알림

506
치밀한 계획으로 에서를 대비하고
재물과 사람까지 세 떼로 나누었네
에서를 만나게 되면 전할 말도 알려줘

507
암염소 이백이요 숫염소 이십이요
암양이 이백이요 숫양이 이십이요
젖나는 낙타 삼십과 새끼들도 포함해

508
암소가 사십이요 황소가 열 마리고
암나귀 이십이요 새끼가 열 마리라
이것을 세 떼로 나눠 차례대로 보내네

509
형님이 너를 만나 누구냐 묻거들랑
내 주인 야곱이요 이것은 선물인데
자기 주 에서에게로 보냅니다 하거라

510
둘째 팀 셋째 팀에 똑같은 미션 주고
주인은 너희 뒤에 있다고 말하거라
예물로 감정을 풀고 대면하면 되겠지

511
무리를 다 보낸 후 한밤을 지내다가
온 가족 동원하여 얍복강 건너게 해
본인은 홀로 남아서 밤새도록 씨름해

512
씨름의 대상자가 야곱의 마음 읽고
허벅지 내리치니 관절이 어긋나네
죽어도 못 가십니다 내게 복을 주소서

513
야곱의 강한 믿음 인지한 하나님이
그에게 이름 묻고 개명의 복 주시네
앞으로 이스라엘[61]로 부르리라 하시네

514
야곱이 요청하여 대화를 이어가네
당신을 무엇이라 불러야 하니이까
이름은 묻지 말아라 축복으로 응답해

515
야곱이 그곳 이름 브니엘[62] 명칭하네
하나님 대면인데 보호된 생명이라
에서를 만나기 전에 보증받은 안전망

---

61) 하나님과 겨루어 이김
62) 하나님의 얼굴

516
야곱이 브니엘을 지날 때 해가 돋고
어긋난 허벅다리 절면서 걷게 되네
이제는 하나님 중심 인생으로 살거라

517
해 돋는 상황 보면 야곱의 새로운 삶
허벅지 관절 경험 진심을 이어가네
지금도 둔부의 힘줄 식용에서 제외 해

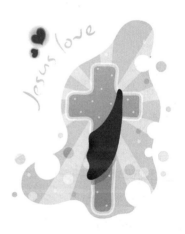

창세기 제33장

518
사백 명 군사들과 동행한 형을 발견
야곱은 가족 순서 차례로 지정하네
여종들 그들의 자녀 앞장세워 보내네

519
레아와 그의 자녀 두 번째 위치이고
라헬과 아들 요셉 맨 뒤에 서게 하네
야곱의 사랑의 농도 순서 봐도 알게 돼

520
야곱이 앞장서서 에서를 맞이하며
자기 몸 일곱 번을 땅 위에 굽혀보네
서서히 앞으로 가니 달려오는 에서 형

521
에서가 달려와서 야곱을 맞이하네
이십 년 넘은 이별 형제애 솟구치네
목까지 어긋 맞추고 입 맞추며 우네요

522
에서가 눈을 들어 사람들 물어보니
하나님 내게 주신 은혜의 선물 고백
출발한 그 순서대로 나아와서 절하네

523
에서가 만났었던 짐승을 물어보니
형에게 받고 싶은 은혜를 구한 선물
동생아 필요 없단다 네 소유는 네 거야

524
형님의 눈앞에서 은혜를 입었는데
간절히 청하건대 예물을 받으소서
형님의 얼굴을 보니 하나님과 같아요

525
형님도 나를 보니 기쁘지 않나이까
내 소유 풍족하여 나누어 드립니다
동생의 강권적 선물 마지못해 받더라

526
야곱이 하는 말을 아부라 생각할까
하나님 뵀던 얼굴 브니엘 경험인데
결국은 하나님 보호 에서까지 적용해

527
에서가 선물 수용 동행을 언급하네
사백 명 생각하니 동생의 보호자로
그래도 야곱에게는 하나님이 중요해

528
야곱의 동행 거부 여럿의 이유 대네
자식들 연약하고 동물들 지쳤기에
하루를 여기서 쉬고 세일 가서 뵐게요

529
동생이 애틋한지 거듭된 보호 제안
종들을 둘 테니까 그들을 이용하라
형님요 괜찮습니다 주님 은혜 있어요

530
이날에 에서 형은 세일로 돌아가고
야곱은 숙곳으로 찾아가 집을 짓네
우릿간 지었으므로 숙곳[63]이라 부르네

531
야곱이 밧단아람 출발해 세겜으로
세겜은 가나안 땅 조부의 자취 있네
의외 땅 정주하므로 큰 환란도 당했네

532
하란을 출발하여 숙곳을 경유하고
일찍이 서원했던 벧엘로 가야는데
야곱의 실수적 선택 세겜으로 향했네

---

63) 작은 집, 장막들

창세기 제34장

533
세겜에 머문 야곱 가정에 우환 오네
레아가 낳은 딸인 디나가 성폭행을
폭행자 추장이지만 연연하며 사랑해

534
디나를 사랑하는 간절한 마음으로
아버지 하몰에게 며느리 수용 요청
야곱은 인지한 상황 오빠들은 모르네

535
세겜의 부탁받은 아버지 하몰 행동
야곱을 찾아와서 디나를 달라 하네
오빠들 집에 돌아와 이 상황을 접했네

536
야곱의 아들들이 이 소식 전해 듣고
모두가 근심하고 분노가 솟구치네
이렇게 부끄러운 일 어찌해야 할까나

537
하몰이 그들에게 청하여 이르기를
내 아들 마음으로 너희 딸 연연하니
디나를 세겜 아내로 삼게 하자 하더라

538
하몰이 더 나아가 통혼을 제안하니
너희 딸 우리에게 며느리 삼게 하고
우리 딸 너희에게는 며느리로 주리라

539
우리와 거주하며 이 땅도 매매하며
여기서 기업 얻고 얼마든 생활하자
여기에 거주를 하며 너희 기업 만들라

540
세겜도 저들에게 강력히 요구하네
나한테 너희에게 은혜를 입게 하라
소녀만 내게 준다면 어떤 것도 주리라

541
아들들 가진 분노 할례를 요구하네
세겜에 속임 쓰며 응답한 꼼수 수법
아들딸 주고받으며 한민족이 되리라

542
하몰과 그의 아들 긍정적 수용하네
자민족 남성들을 적극적 설득하고
뼈아픈 할례까지를 실행토록 하였네

543
추장을 신뢰하는 그 민족 모든 남자
한 사람 빠짐없이 할례를 실행하네
낯설은 위험한 행위 어찌 감히 따를까

544
할례 후 사흘 지나 통증에 아파할 때
레위와 시므온이 칼 들고 침입하네
성안의 모든 남자와 하몰 부자 죽이네

545
살인을 넘어서서 성읍을 노략하네
재물을 약탈하고 자녀와 아내까지
신자의 불법 타락이 도를 넘어 잔인해

546
이러한 상황들을 야곱이 꾸짖는데
책임은 회피하고 환난을 염려하네
하나님 단어 하나도 34장엔 없어요

창세기 제35장

547
하나님 야곱에게 나타나 하신 말씀
벧엘로 올라가서 제단을 쌓아야지
나에게 했던 약속을 지켜야지 않겠니

548
벧엘을 말하자면 야곱과 깊은 인연
에서의 낯을 피해 도망한 과정의 땅
하나님 나타나셔서 너 지키마 복준 땅

549
야곱이 자녀에게 정돈을 지시하네
이방신 내버리고 모두들 정결케 해
너희들 의복까지를 바꾸어서 입어라

550
얘들아 일어나라 벧엘로 올라가자
예전에 드린 약속 제단을 쌓아야 해
자손들 이방 신상들 귀고리도 묻었네

551
히위족 멸종시킨 가족이 떠나는데
주변족 분노하여 이들을 죽일 텐데
하나님 두려움 내려 추격 길을 막으셔

552
벧엘에 이르러서 제단을 쌓아놓고
엘벧엘[64] 이름하니 과거의 스토리 명
에서의 낯을 피할 때 나타나신 하나님

553
하나님 야곱에게 주신 복 확인하네
씨름 때 열정 보고 이름을 바꾼 건데
창세기 삼십이 장의 이십팔 절 그 이름[65]

554
전능한 하나님이 큰 복을 주시는데
생육과 번성으로 총회가 나올 거고
왕들이 네 허리에서 나올 거란 대형 복

555
조상 복 확인하고 야곱을 떠나시니
하나님 하신 말씀 가슴에 새기고자
그곳에 돌로 기둥을 세워놓고 제사해

556
기둥 위 전제물과 기름을 채워놓고
하나님 자기에게 말씀을 하시던 곳
그곳을 하나님의 집 벧엘이라 불렀네

---

64) 벧엘의 하나님
65) 이스라엘

557
벧엘을 벗어나서 에브랏 도착 전에
라헬이 해산하며 난산의 고통 오네
산파가 위로 하면서 득남 소식 전하네

558
라헬이 고통 속에 죽음이 왔다 갔다
태어난 아들 보고 베노니[66] 이름하네
야곱은 베냐민[67]이라 이름 지어 부르네

559
라헬이 죽은 뒤에 장사는 에브랏에
그곳의 다른 이름 첫 등장 베들레헴
지금도 라헬의 묘비 명명하고 있구나

560
아내의 죽음으로 찾아온 고통인데
또 다른 사건 하나 야곱을 찾아오네
르우벤 아버지 첩인 빌하와의 동침해

561
야곱의 아들 숫자 십이[68]로 완성하네
레아의 아들들은 열둘 중 절반 숫자
라헬과 빌하, 실바가 여섯 명을 채웠네

---

66) 슬픔의 아들
67) 오른손의 아들
68) 12(열 둘)

562
야곱의 마므레행 아버지 이삭에게
그곳은 아브라함 이삭의 거류지라
이름이 기럇아르바 헤브론의 옛 이름

563
아버지 이삭 나이 백팔십 이르렀고
기운은 다하였고 운명도 마치었네
두 아들 에서와 야곱 장례 절차 치렀네

창세기 제36장

564
창세기 삼십육 장 에서의 족보로세
부인이 세 명으로 아다와 아나의 딸
종족인 이스마엘 딸 바스맛이 세 번째

565
에서의 후손들도 왕성히 번창하네
가족과 모든 짐승 꼼꼼히 챙겨 들고
동생인 야곱을 떠나 다른 곳에 이주해

566
에서가 떠난 이유 형제의 부의 급증
동거를 할 수 없어 이사를 간다지만
세심한 하나님 섭리 세밀하게 간여해

567
에서가 선택하여 머물은 세일산에
후손들 번성함이 상상을 넘어서네
족장과 왕들의 이름 亨通大路 달린 길

568
야곱의 후손 역사 고통이 첩첩산중
에서의 형통함과 대조가 느껴지네
하나님 아브라함과 하신 약속 들어줘

창세기 제37장

569
야곱의 가족들은 가나안 거주하네
노년에 낳은 요셉 십칠 세 소년으로
형들의 잘못한 것은 아버지께 고자질

570
야곱의 노년 득남 요셉을 특별 사랑
특별한 채색옷을 그에게 제공하네
형들은 차별적 사랑 인지하고 멀리해

571
요셉이 꾸었던 꿈 두 가지 자랑하네
전부터 疏遠[69] 관계 갈수록 짙어가네
꿈 얘기 들은 형들의 미움 농도 짙어가

572
밭에서 곡식단을 묶었던 작업인데
내 단은 일어서고 형들 단 다른 행동
내 단을 둘러서더니 절했어요, 모두가

573
형들이 얘기 듣고 비아냥 소리 내네
우리의 왕이 되고 통치를 하겠구나
꿈 얘기 들었던 형들 더 큰 미움 보이네

---

69) 소원 : 지내는 사이가 두텁지 아니하고 거리가 있어서 서먹서먹함

574
두 번째 꿈 얘기를 멈추지 않고 하네
해와 달 열한 별이 나에게 절했어요
꿈 얘기 들은 아버지 아들 요셉 꾸짖네

575
그에게 질문하되 네가 꾼 꿈이 뭐냐
우리가 엎드려서 너에게 절하느냐
형들은 미워하지만 아버지는 숙고해

576
세겜에 목양하러 형들이 가 있는데
아버지 걱정되어 상황을 알고자 해
요셉을 그들에게로 보내리라 하더라

577
형들의 원정 목양 안전을 확인 위해
야곱이 요셉에게 다녀올 기회 주네
길 찾아 묻고 물어서 세겜 거쳐 도단에

578
헤브론 출발하여 세겜에 이르는데
팔십여 킬로미터 적잖은 거리로세
형들의 묘연한 행방 동생 요셉 당황해

579
당황한 요셉에게 알려진 정보 내용
형들이 여기 떠나 도단에 올라갔네
북으로 이십여 킬로 쉬지 않고 찾아가

580
아버지 명령 수행 형들의 안부 파악
요셉의 효도심과 우애심 상황 보면
출발 후 백여 킬로를 멈춤 없이 달렸네

581
요셉이 오는 것을 멀리서 보는 형들
꿈꾸는 자가 온다 흉악한 계획 꾸며
그의 꿈 어찌 되는지 잡아 죽여 버리자

582
르우벤 큰형답게 요셉을 살려내고
구덩이 속에 넣고 죽임은 면하려 해
속내는 구출하여서 아버지의 품으로

583
요셉이 도착하자 채색옷 벗겨내고
구덩이 빈속에다 던져서 가두었네
그 속에 물이 없어서 생명만은 보존해

584
음식을 먹는 중에 한 무리 지나는데
미디안 사람들로 애굽에 장사 가네
향품과 유향과 몰약 낙타들에 실었네

585
유다가 형제 설득 요셉을 매매하자
동생을 죽인다고 유익이 무엇이랴
형제들 동의를 하고 동생 매매 시도해

586
미디안 상인들이 지나는 과정에서
요셉을 끌어올려 매매를 시행하네
몸값은 은 이십 세겔[70] 노예 신분 전락해

587
자리를 비웠었던 르우벤 돌아와서
요셉의 상황 파악 노예로 판 걸 알아
동생을 지키지 못한 책임감을 한탄해

588
빼앗은 채색옷에 염소 피 짙게 묻혀
귀가 후 야곱에게 요셉 옷 보여주네
이 옷을 발견했는데 확인하여 보세요

---

70) 성년 나이의 몸값(레 27:5)

589

야곱이 옷을 보고 단숨에 알아보고
짐승이 죽였구나 요셉이 찢겼도다
정교한 아들들 범죄 옷 하나로 숨겨져

590

자기옷 찢어내고 굵은 베 허리 묶고
아들들 위로하나 받지를 아니하고
너 찾아 스올로 가마 애통하며 통곡해

591

동생을 팔아먹은 형들의 교활한 짓
아버지 슬퍼하며 눈치는 못채더라
요셉은 바로의 신하 보디발의 노예로

창세기 제38장

592
특이한 삶의 환경 유다의 가족 상황
요셉을 팔고 와서 죄책감 시달리네
아버지 형제들 떠나 가나안인 아내로

593
유다의 후손으로 열거된 아들 중에
첫째가 엘의 이름 둘째가 오난 이름
마지막 셋째 이름은 셀라라고 부르네

594
유다가 장남 위해 며느리 데려오나
아들이 악하므로 하나님 데려가네
후손을 두지 못하고 이 세상을 떠나네

595
당시의 계대 결혼[71] 오난이 실행하나
자신이 가진 씨를 형에게 주지 않아
불의가 맞지 않다며 하나님이 데려가

596
두 아들 죽어가니 유다는 셋째 걱정
며느리 다말에게 귀가를 진행하네
셀라가 장성하기를 기다리자 설득해

---

71) 형이 자식 없이 죽은 경우에 동생이 그 미망인(형수)과 합방하여 자식을 낳아 형
　　을 계대시켜주는 것

597
유다도 아내 잃고 위로를 받은 후에
자기 양 돌보려고 딤나로 올라가네
이웃이 유다 왔음을 다말에게 알리네

598
과부의 옷을 벗고 얼굴을 가린 다말
유다는 그를 보고 창녀로 생각하네
하룻밤 제안하는데 담보물을 요구해

599
유다가 담보물을 주겠다 약속하니
도장과 손에 있는 지팡이 요구하네
하룻밤 지나고 나니 다말에게 임신이

600
유다가 친구에게 염소를 보내면서
여인의 손에 있는 담보물 회수 요청
그러나 찾지 못하고 빈손으로 돌아와

601
그녀를 찾지 못한 친구가 돌아와서
이곳은 창녀 존재 있지도 않다 하네
담보물 회수 포기로 부끄러움 숨기려

602
석 달쯤 지난 후에 들려온 소리 소문
며느리 다말에게 임신이 되었다네
유다는 행음으로 봐 화형 처벌 명하네

603
다말이 끌려갈 때 유다에 사람 보내
담보물 보여주며 임신의 원인자라
나보다 지혜롭구나 셋째 차단 뉘우쳐

604
다말이 때가 되니 출산이 만만찮네
첫 아이 출산부터 이상한 장면 연출
머리가 나오지 않고 손이 먼저 나오네

605
산파의 특별 행동 홍색실 손에 묶네
나온 손 들이밀자 아우가 먼저 나와
베레스72) 이름 지었고 형의 이름 세라로

606
유다로 출발해서 일대에 베레스요
대대로 가다 보면 다윗이 후손으로
그 뒤로 구원하시려 탄생하신 예수님

---

72) 터뜨림

창세기 제39장

607
애굽에 팔려나간 요셉의 상황 보니
자유인 벗어나서 노예로 전락했네
바로의 친위대장인 보디발이 사 갔네

608
노예로 사는 요셉 얼마나 힘이 들까
하나님 함께하심 단어가 자주 등장
주인도 여호와께서 함께하심 보더라

609
요셉을 신뢰하는 보디발 특별 조치
자기 집 가정 총무 전권을 위임하네
하나님 요셉을 위해 주인집에 큰 복을

610
청년인 요셉 용모 특출한 아름다움
보디발 아내에게 엄청난 유혹 받네
전권을 주셨지마는 당신만은 안돼요

611
여주인 유혹 거부 요셉은 왜 그랬나
보디발 신뢰에도 보답은 되겠지만
단칼에 거부한 이유 하나님이 두려워

612
요셉이 일을 하러 그 집에 들어가니
여주인 행동으로 동침을 요구하네
겉옷을 빼앗긴 채로 도망치어 나가네

613
상상을 초월하는 범죄자 누명 썼네
빼앗긴 겉옷으로 희롱자 고발되어
한마디 말도 못 하고 감옥으로 직행해

614
아내의 의심일까 요셉의 신뢰일까
투옥된 감옥 장소 최악은 아니구나
주인의 신뢰를 넘어 하나님의 보호망

615
하나님 함께하사 간수장 은혜 입고
요셉을 신뢰함이 맡긴 일 검사 안해
행한 일 무엇이든지 살펴보지 않더라

616
하나님 보호하심 추호의 빈틈없네
요셉의 가는 곳곳 언제나 함께 하사
범사의 어떤 경우도 형통하게 하시네

창세기 제40장

617
바로왕 분노로써 감옥에 보내는데
술 맡은 관원장과 떡 굽는 관원장을
요셉이 먼저 온 감옥 그곳으로 보내네

618
간수장 요셉에게 그들도 맡겨주니
자신의 성품으로 겸손히 섬겨주네
갇힌 지 여러 날 지나 둘이 동시 꿈꾸네

619
선명히 꾼 꿈인데 내용을 알 수 없어
아침에 일어나서 그들은 근심하네
얼굴엔 근심의 빛이 가득 채워 있더라

620
요셉이 이유 묻자 우리가 꿈꿨지만
해석할 사람 없어 불안만 커가누나
당신들 꿈의 해석은 하나님께 있어요

621
술 맡은 관원장의 꾼 꿈은 이러하니
내 앞에 포도나무 세 가지 싹이 나고
꽃 피고 포도송이가 풍성하게 열렸네

622
내 손엔 바로의 잔 언제든 존재하니
포도의 즙을 짜서 바로에 드렸노라
그 뜻이 어떤 것인지 걱정 반에 기대 반

623
꿈 얘기 들은 요셉 고민도 하지 않고
깊숙한 사고조차 하지도 않은 대답
하나님 주신 지혜의 막힘없는 꿈 해석

624
꿈속에 세 가지는 사흘을 의미하고
바로가 사흘 안에 당신을 복직시켜
예전에 술 맡은 업무 다시 하게 됩니다

625
당신이 잘되거든 나를 좀 생각해요
내 사정 바로에게 정확히 알려주오
감옥에 갇힐 만한 일 하지 않은 사실을

626
떡 굽는 관원장이 길몽의 사연 듣고
자기 꿈 요셉에게 힘차게 전하누나
꿈 얘기 길몽이기를 기대하는 관원장

627
흰떡의 세 광주리 머리에 있었는데
맨 위의 광주리는 바로의 떡이었지
그런데 새들이 와서 광주리 떡 먹더라

628
머리 위 세 광주리 사흘을 의미하며
바로가 당신 머리 나무에 달 것이고
새들이 당신의 고기 뜯어 먹을 겁니다

629
사흘 후 바로 생일 잔치를 베풀 때에
복직된 술 관원장 매달린 떡 관원장
요셉의 해몽 사실을 술 관원장 잊었네

창세기 제41장

630
바로가 이 년 후에 두 가지 꿈을 꾸네
자기가 나일강의 옆에서 있었는데
살이 찐 일곱 암소가 강가에서 올라와

631
올라 온 일곱 암소 갈밭의 풀을 뜯네
흉하고 마른 암소 그 뒤에 따라 나와
살이 찐 일곱 암소를 잡아먹는 첫째 꿈

632
바로가 잠이 드니 두 번째 꿈을 꾸네
한 줄기 무성하고 충실한 일곱 이삭
그 뒤에 동풍에 마른 일곱 이삭 나오네

633
가늘은 일곱 이삭 충실한 일곱 이삭
전자가 후자 이삭 가볍게 삼킨지라
이상한 장면을 보고 바로왕이 꿈을 깨

634
아침에 바로 마음 번민이 가득하네
점술가 현인 불러 꿈 해석 요청하나
그것을 바로 앞에서 해몽할 자 없더라

635
꿈 해석 난관 속에 술 관원 과거 생각
곧바로 바로에게 자기의 상황 설명
그 꿈의 해몽가로서 소개하네, 요셉을

636
감옥에 있던 요셉 바로가 불러내니
곧바로 담당자가 요셉을 내보내네
온몸을 깨끗이 하고 새 옷 입고 왕에게

637
찾아온 요셉에게 바로가 대하는데
꿈 해석 대가라고 칭찬을 쏟아내네
해석은 내가 아니라 하나님이 하셔요

638
바로의 두 가지 꿈 내용을 알려주네
흉한 소 일곱 마리 살진 소 잡아먹고
충실한 일곱 이삭도 마른 이삭 밥이 돼

639
요셉의 일언 시작 하나님 앞세우네
하나님 하실 일을 미리서 보여주니
바로왕 두 가지 꿈은 장래 일의 한 가지

640
일곱 소 일곱 이삭 칠 년을 상징하고
좋은 것 풍년이요 못된 것 흉년이라
칠 년의 풍년 지나면 험한 흉년 칠 년이

641
단순한 칠 년 풍년 흉년이 아닙니다
이 땅이 기근으로 망하게 되리이다
두 번의 꿈을 주심은 하나님의 확정案

642
하나님 주신 지혜 요셉이 충언하네
왕께서 관리자로 명철한 사람 선택
애굽 땅 다스리면서 총괄 관리 맡겨요

643
일곱 해 풍년 때에 징수를 오 분의 일
바로의 손에 돌려 양식을 비축하고
찾아올 일곱 해 흉년 대비하는 지혜를

644
이같이 세운 계획 철저히 관리하면
애굽 땅 임할 흉년 무사히 넘길 거고
험악한 칠 년이 와도 망하지는 않아요

645
요셉의 충언 이후 바로의 즉각 행동
하나님 영에 잡힌 사람을 어찌 찾나
모든 것 보이셨으니 지혜자는 자넬세

646
내 집을 다스리라 내 백성 복종하니
너보다 높은 나는 임금의 지위구나
요셉을 애굽 온 땅의 총리 되게 하노라

647
바로의 인장 반지 요셉에 끼워 주고
세마포 옷 입히고 금사슬 목에 걸고
바로왕 버금 수레에 올라타게 하였네

648
무리가 그 앞에서 소리를 지르는데
모두가 엎드리라 땅들이 굴복하네
요셉을 애굽 전국의 총리라고 선언해

649
요셉의 허락 없이 행동을 못할 거다
네 이름 선물하마 생명의 풍성으로[73]
제사장 보디베라 딸 아스낫을 아내로

---

73) 사브낫바네아=생명의 풍성함

650
십칠 세 자랑한 꿈 죽음의 위기 불러
다행히 생명 유지 노예로 팔려 가고
삼십 세 애굽 총리로 꾸었던 꿈 현실화

651
꿈으로 시작이 된 요셉의 인생 여정
꿈으로 진행하여 해몽의 과정 거쳐
꿈으로 최고의 권위 승승장구 올랐네

652
요셉이 왕을 대신 전국을 순찰하니
일곱 해 풍년 현상 전국을 풍성하게
쌓여진 풍년의 곡물 모래같이 많더라

653
흉년이 들기 전에 요셉이 득남하네
장남이 므낫세[74]요 둘째가 에브라임[75]
이름의 뜻을 보아도 하나님께 감사해

654
바로 꿈 현실 증거 애굽에 칠 년 풍년
곧바로 찾아오는 험악한 칠 년 흉년
온 세상 심한 기근에 애굽 땅은 풍성해

---

74) 하나님이 내게 모든 고난과 아버지의 집 일을 잊어버리게 하셨다.
75) 하나님이 내가 수고한 땅에서 번성하게 하셨다.

655
흉년이 지날수록 애굽도 곤경으로
백성이 부르짖어 양식을 요청하네
요셉이 하라는 대로 실행하라 지시해

656
흉년이 지속되니 온 세상 죽을 지경
요셉이 창고 열어 양식을 판매하네
온 세상 양식 사려고 요셉에게 찾아와

창세기 제42장

657
흉년의 악영향은 야곱의 가정까지
아버지 아들들을 불러서 얘기하네
아무런 대책도 없이 굶어야만 하느냐

658
들려온 얘기인데 애굽에 곡식 많아
너희들 내려가서 곡식을 사오너라
그러면 우리가 살고 죽음만은 면한다

659
열 명의 요셉의 형 애굽에 내려가네
베냐민 제외하니 재난이 걱정이라
양식을 구입하려는 사람들과 동행해

660
요셉이 총리로서 곡식을 판매하니
형들이 도착하여 그 앞에 절을 하네
엎드려 절하는 형들 동생인지 모르네

661
요셉이 형들에게 엄하게 질문하네
너희는 어디에서 양식을 사러 왔나
우리는 가나안에서 왔나이다 대답해

662
요셉이 어렸을 때 꾼 꿈을 생각하며
형들을 나무라며 정탐꾼 추궁하네
내주여 아니니이다 곡물 사러 왔어요

663
정탐꾼 재차 추궁 그들을 압박하니
그들이 하는 말 중 의미가 심장하네
당신의 종들이라는 단어 쓰며 해명해

664
요셉이 그들에게 또다시 압박하니
우리는 열두 형제 아버지 한 분인데
두 명이 없는 이유를 서슴없이 전하네

665
막내는 아버지와 하나는 사라지고
이 말을 들은 요셉 또다시 압박하네
너희를 정탐꾼이라 지적한 것 이거다

666
정탐꾼 아니라는 사실을 입증하라
막내를 데려오면 너희를 믿어주마
그들을 삼 일 동안을 감옥 안에 가두네

667
요셉이 사흘 만에 그들을 불러놓고
본인은 하나님을 경외를 한다면서
너희는 이같이 하여 너희 생명 지켜라

668
너희 중 한 사람만 감옥에 갇혀있고
나머진 올라가서 굶주림 피해놓고
다시 또 내려올 때는 막냇동생 데려와

669
요셉의 명령 듣고 형제들 상호 대화
우리가 아우 일로 범죄를 저질렀네
그 애가 애걸할 때의 괴로움이 느껴져

670
그때에 너희에게 죄짓지 말라 했지
그래도 너희들은 동생을 팔았잖아
르우벤 당시 상황을 꼼꼼하게 책망해

671
통역을 세웠기에 형제들 눈치 못 채
요셉은 듣고 나서 자리 떠 울고 오네
미루던 형제들 歸家 일사천리 진행해

672
시므온 결박하고 곡물은 실어주고
그 안에 받은 돈을 비밀리 도로 넣네
가는 길 먹을 것들도 꼼꼼하게 챙겨줘

673
애굽을 떠나와서 여관에 쉬는 동안
나귀에 먹이 주려 자루를 풀고 보니
그 돈이 자루 어귀에 고스란히 들었네

674
애굽에 되돌아갈 그날이 걱정되고
그들은 혼이 나서 떨면서 서로 보네
하나님 어찌하여서 이런 일을 하셨나

675
귀가한 형제들이 아버지 야곱에게
현지의 발생한 일 세세히 보고하네
자루를 쏟아보고는 가일층의 두려움

676
정탐꾼 오해받아 시므온 불모자로
막내를 데려오면 오해를 풀거라는
애굽의 권력자의 뜻 아버지께 전달해

677
아버지 그들에게 하소연 쏟아내네
너희가 내 자식을 하나씩 잃게 한다
요셉이 사라졌거늘 시므온도 사라져

678
두 아들 사라지고 또 다른 고통 오네
베냐민 따라가면 안전이 보장되나
이러한 상황들 보면 모든 것이 내 고통

679
르우벤 야곱에게 위로로 하는 말로
반드시 내가 그를 데리고 올 겁니다
그러지 못할 경우에 내 아들을 죽여요

680
아니다 아니 된다 내 아들 안된단다
그의 형 죽었잖니 베냐민 문제 되면
나는야 스올로 간다 심사숙고 하거라

창세기 제43장

681
기근은 심해지고 양식은 떨어지고
이제는 애굽으로 가야 할 시간이 돼
너희들 우리를 위해 다시 가서 사오라

682
베냐민 동행해야 애굽에 간답니다
아버지 야곱에게 유다가 설명하네
아우가 가지 않으면 면담조차 못해요

683
아버지 베냐민도 가라고 許하시면
우리가 내려가서 양식을 사오지만
보내지 아니하시면 내려가지 못해요

684
너희가 어찌하여 아우가 있다 했니
그들이 대답하되 그 사람 우리 친족
자세히 질문하는 것 대답했을 뿐예요

685
그 사람 살아계신 아버지 확인하고
아우가 있는지도 꼼꼼히 묻더이다
우리가 대답한 것은 일반적인 거에요

686
유다가 아버지를 진실로 설득하네
저 아이 나와 함께 가라고 보내시면
우리가 가족을 위해 진심 다해 갈게요

687
애굽에 다녀오면 온 가족 살 것이고
그렇지 못하면은 죽을 수 있습니다
베냐민 그를 위하여 내가 담보 될게요

688
아버지 내 손에서 베냐민 찾으세요
만약에 이 동생을 데리고 못오면은
나에게 영원한 죄를 지어줘도 됩니다

689
야곱이 그들에게 애굽행 허락하네
이 땅의 아름다운 소산물 담아가라
너희는 그 사람에게 이것들을 드려라

690
유향과 꿀 소금과 향품과 몰약이고
나아가 유향나무 열매와 감복숭아
그리고 갑절의 돈을 가지고서 가거라

691
집으로 돌아올 때 자루에 들었던 돈
그대로 가져가서 그에게 전달하라
혹시나 잘못 있을까 나에게는 두렵다

692
아우도 데리고 가 그 사람 만나게 해
전능한 하나님이 은혜를 베푸셔서
시므온 베냐민까지 돌아오게 될 거야

693
자식을 잃게 되면 그것도 각오하마
형제들 예물 마련 갑절의 돈도 준비
베냐민 데리고 가서 요셉 앞에 서니라

694
요셉은 베냐민이 형들과 있음 보고
자기의 청지기에 할 일을 명령하네
이들을 집에 초대해 정중하게 모셔라

695
그들을 초대해서 먹을 것 요리하고
짐승을 잡아내서 음식을 준비하라
정오에 내가 올테니 같이 먹게 하거라

696
집으로 초대받은 형제들 노심초사
지난번 자루의 돈 빌미로 끌어들여
우리를 노예로 삼고 나귀 탈취 하려나

697
형제들 청지기에 문에서 얘기하네
지난번 내려와서 양식을 사 가던 중
확인한 자루 속 돈을 가지고서 왔어요

698
이번에 양식 살 돈 그 돈도 가져오고
지난번 자루 속에 있던 돈 모릅니다
이런 일 왜 생기나요 상상에도 없는 일

699
너희는 안심하라 걱정도 하지 말라
자루 속 그 돈들은 하나님 선물이라
청지기 신앙을 봐도 요셉의 삶 보이네

700
시므온 청지기가 이끌어 데려오고
모두 다 집 안으로 데리고 들어오네
형제들 발을 씻도록 씻을 물을 제공해

701
음식을 먹을 장소 들어온 형제들이
예물을 정돈하고 주인을 기다리네
요셉이 집으로 오매 집 안으로 들어가

702
예물을 드리고서 엎드려 절을 하니
그들의 안부 묻고 아버지 현황 묻네
그 노인 안녕하시냐 생존하여 계시냐

703
그들이 대답하되 아버지 평안하고
생존해 계십니다 절하며 소식 전해
요셉이 눈을 들어서 베냐민을 보더라

704
너희가 내게 말한 동생이 이 아이냐
소자여 하나님의 은혜를 원하노라
아우를 사랑하는 맘 복받쳐서 못견뎌

705
요셉이 울 곳 찾아 안방에 들어가서
모습을 절제하며 터놓고 울고 나와
그 정을 억제하고서 먹을 음식 차리네

706
차려진 식탁보니 '따로'가 익숙하네
요셉상 따로 있고 형제상 따로 있네
동행한 애굽 사람 상[75] 따로따로 차렸네

707
식탁의 자리에서 나이순 앉히는데
형제들 분위기를 이상히 여겼더라
형제에 나눠준 음식 베냐민은 다섯 배

75) 제의적이고 종교적인 이유에서 비롯된 금기

창세기 제44장

708
귀가의 때가 되어 양식을 준비하되
예전의 방법으로 자루에 돈을 넣네
베냐민 자루 속에는 요셉 은잔 넣었네

709
아침이 밝을 때에 형제들 떠나보내
성에서 멀기 전에 청지기 따라 보내
너희들 선을 악으로 갚는구나 혼내라

710
청지기 뒤따라가 요셉의 지시 수행
주인이 쓰는 은잔 훔치면 어떡하냐
너희가 이같이 하니 악하구나 요놈들

711
내주여 어찌 그런 말씀을 하십니까
우리는 그러한 일 하지를 않습니다
전에도 가져왔거늘 도둑질은 안해요

712
형제들 그 누구도 그런 죄 없을 테니
그 잔이 발견되면 그자는 죽을 테고
우리는 내주의 종이 되겠다고 자신해

713
청지기 그들 제안 빠르게 받아들여
자루를 공개하되 나이순 진행하네
르우벤 자루로부터 베냐민의 것까지

714
자루를 공개하니 은잔이 나타나네
누구의 자루일까 베냐민 것이로세
모두들 옷을 찢으며 애굽으로 돌아가

715
요셉의 분노 표현 유다의 강한 반성
내 주께 무슨 말을 할 수가 있으리까
어떻게 우리 정직을 보여줄 수 있나요

716
하나님 종들의 죄 찾아내 주셨으니
우리가 따로따로 지은 죄 아니기에
모두가 주의 노예가 되겠다고 선언해

717
요셉이 말하기를 결단코 그리 말라
이 잔이 발견된 자 그자의 죄이기에
너희는 돌아들 가고 베냐민만 남아라

718
유다가 요셉에게 가까이 다가가서
내주여 원하건대 제 말씀 들으소서
바로와 같으신 주여 노하지를 마소서

719
예전에 내 주께서 한 말씀 하시기를
너희는 아버지가 계시냐 하셨어요
아우의 존재 여부도 질문으로 하시고

720
부친이 계시다고 말씀을 드렸었고
연세는 노인이요 노년에 낳은 아들
그 아들 베냐민인데 사랑 농도 진해요

721
베냐민 어머니가 낳았던 두 아들 중
위 형은 사라졌고 동생은 사랑 차지
지난번 벌어진 일에 동생 언급 했었죠

722
주께서 종들에게 막내를 데려오라
그러면 우리 상황 이해를 하신다 해
아버지 설득했어요 같이 가야 한다고

723
주께서 하신 말씀 동생을 데려오라
그렇지 아니하면 내 얼굴 못 볼 거다
그래도 우리 아버지 동생 걱정 컸어요

724
아버지 우리에게 말씀을 하셨는데
너희도 알거니와 한 어미 두 아들 중
한 아들 찢겨 죽어서 지금까지 못본다

725
너희가 이 아이도 내게서 데려가서
재해가 막내에게 미치게 된다면은
슬픔을 이기지 못해 스올까지 갈 거다

726
이 말씀 듣고 나서 우리가 생각한 건
아들과 아버지의 생명이 하나구나
주인여 생각하소서 제 마음이 어떤지

727
우리가 돌아갈 때 아이가 못 간다면
하셨던 말씀처럼 반드시 죽을 건데
아버지 하얀 머리로 슬퍼하며 스올로

728
주의 종 아버지께 아이를 담보하길
데리고 못 오면은 죄짐을 제가 진다
드렸던 약속의 말을 지금 내가 질게요

729
주인여 부탁하니 베냐민 보내주고
그 대신 내가 남아 주의 종 되리이다
이 아이 위 형제들과 함께 보내 주소서

730
베냐민 나와 함께 가지를 못한다면
내 어찌 아버지께 갈 수가 있으리까
재해가 아버지에게 미치는 것 못봐요

창세기 제45장

731
유다의 진정성에 요셉이 감동하네
감정을 억제 못해 사람들 내보내고
형님들 나 요셉이오 형제들만 듣더라

732
감정을 억제 못해 울음을 터뜨리니
바로의 궁전까지 그 소리 들리더라
요셉이 그 형들에게 자기 신분 또 공개

733
요셉이 형들에게 아버지 안부 묻고
가까이 와보소서 당신들 동생이오
예전에 노예로 팔은 요셉이란 말이오

734
형님들 근심 마소 한탄도 하지 마소
생명의 주인이신 하나님 계획이오
우리를 구원하시려 나를 먼저 보냈소

735
흉년기 칠 년인데 이 년이 지났으니
앞으로 남은 기간 오 년이 남았네요
추수도 할 것이 없고 밭갈이도 못해요

736
하나님 구원의 길 세밀한 계획으로
당신들 생명 보존 후손들 살리시려
이곳에 당신들보다 나를 먼저 보냈소

737
이곳에 보낸 이는 형님들 아닙니다
우리를 구하시려 세우신 하나님 뜻
요셉을 애굽 온 땅의 통치자로 삼았소

738
형님들 고향으로 속히들 올라가서
이 사실 아버지께 알리고 모시고 와
온 가족 나와 가까운 고센 땅에 살아요

739
흉년의 남은 기간 아직도 다섯 해요
아버지 고센에서 모시고 살 것이며
전 가족 부족함 없이 편안하게 살아요

740
형님들 애굽에서 누리는 나의 영화
보았던 모든 형통 자세히 보고하고
아버지 빨리 모시고 이곳으로 오소서

741
요셉과 베냐민이 목 안고 서로 우네
형들과 입 맞추며 안고서 울고 나니
그제야 마음을 열고 서로 마음 나누네

742
바로왕 요셉 가족 왔다는 소문 듣고
요셉을 통하여서 특혜를 제공하네
너희는 양식을 싣고 가나안에 가거라

743
고향에 도착하면 아버지 모시고서
내게로 돌아오라 좋은 땅 제공하마
너희도 기름진 것을 끊임없이 먹는다

744
바로의 귀한 배려 요셉이 활용하네
식량은 물론이요 이동용 수레까지
각각의 옷 한 벌씩과 베냐민은 큰 선물

745
아버지 선물에는 특별한 것들일세
수나귀 열 필 위에 애굽의 물품 싣고
암나귀 열 필 위에는 각종 음식 실었네

746
형들을 보내면서 요셉이 부탁하네
당신들 가시면서 길에서 다툼 마소
그들이 애굽을 떠나 야곱에게 도착해

747
형들이 애굽 상황 낱낱이 보고하니
야곱이 믿지 못해 어안이 벙벙하네
요셉이 자기들에게 알려준 말 전하네

748
요셉이 살아있어 애굽의 총리까지
보내온 선물 보고 상황을 인지하네
아들이 살아있으니 죽기 전에 보리라

창세기 제46장

749
가나안 정리하고 애굽을 향하면서
자기의 아버지인 이삭의 하나님께
제사를 브엘세바에 이르러서 드리네

750
그 밤의 이상 중에 하나님 나타나사
야곱을 다정하게 두 번을 부르시네
나는야 하나님이라 네 아버지 하나님

751
애굽에 가는 것을 두렵게 생각 마라
거기서 너를 통해 큰 민족 이루리라
언제나 동행할 거야 안전보장 말씀해

752
야곱아 애굽으로 가는 게 전부 아냐
큰 민족 이룬 다음 반드시 인도하마
요셉이 그의 손으로 너의 인생 지킨다

753
야곱의 아들들이 수레에 태우는데
아버지 시작으로 자기들 처자까지
가나안 그 모든 자손 빠짐없이 떠났네

754

애굽에 내려간 자 숫자로 표현하면

레아의 후손으로 남녀가 삼십삼 명

실바의 후손으로는 십육 명이 내려가

755

라헬의 후손으로 십사 명 전부이고

빌하의 후손으로 모두가 칠 명이라

합해서 칠십 명인데 합류자[77]가 포함돼

756

야곱이 요셉에게 유다를 미리 보내

자기는 고센 땅에 향함을 전달하네

요셉이 그의 수레로 고센 땅에 가더라

757

고센에 이르러서 아버지 상견하네

그의 몸 어긋맞춰 안고서 눈물 흘려

이제는 지금 죽어도 족하구나 하더라

758

요셉이 가족에게 정보를 공유하며

가나안 땅에 있던 가족이 고센 정착

그곳은 국경지대라 후대 귀국 유리해

---

77) 야곱, 요셉, 요셉의 두 아들(므낫세, 에브라임) 등 4명
참고로 행 7:14의 75인=70+5(므낫세 아내와 아들 하나, 에브라임 아내와 아들 둘)

759
바로가 당신들을 불러서 질문하면
우리는 선조부터 목축을 해온 터라
후손도 그러합니다 대화 정보 알려줘

760
이러한 정보제공 이유가 무엇일까
애굽은 목축업을 가증히 여기기에
가족이 고센 땅에서 살 수 있는 지혜라

창세기 제47장

761
요셉이 바로에게 가족을 소개하네
아버지 내 형제들 고센 땅 있나이다
형들 중 다섯 명[78]이서 바로에게 인사해

762
바로가 형들에게 생업을 물어보네
그들이 대답하되 종들은 목자인데
우리는 선조로부터 직업으로 삽니다

763
흉년이 찾아오고 기근이 심하여서
양 떼를 칠 곳 없어 여기에 왔사오니
종들로 고센 땅에서 살게 하여 주소서

764
바로가 요셉에게 말하여 이르기를
네 가족 애굽으로 나에게 왔으니까
그들이 고센 땅에서 거주하게 하거라

765
요셉이 아버지를 왕에게 인도하니
야곱이 인사하고 바로 왕 축복하네
바로왕 야곱을 보며 나이 숫자 묻더라

---

[78] 애굽 사람들이 생각하는 완전수. 요셉의 지혜가 내포된 숫자이다.

766
야곱이 바로에게 나이를 공개하니
나그네 길의 세월 백삼십 되었고요
조상의 험악한 세월 미치지는 못해요

767
야곱이 바로에게 축복 후 나왔는데
좋은 땅 라암셋⁷⁹⁾을 소유로 삼게 하네
요셉이 온 가족에게 먹을 것을 주더라

768
기근이 심해져서 사방이 황폐해져
요셉의 곡식 판매 수입은 바로 宮에
온 땅에 돈이 떨어져 요셉에게 하소연

769
요셉이 사람에게 방법을 제안하네
가축을 가져오면 곡식과 바꿔주마
요셉의 특별한 제안 백성들은 순응해

770
사람들 요셉에게 가축을 데려오니
대가로 그들에게 곡식을 나눠주네
백성들 그해 동안에 먹고살고 보내네

---

79) 고센 땅의 다른 이름, 나일강 델타 지역의 동부로 매우 비옥한 곳이다(창 45:18).

771
그 해가 다 지나고 새해가 찾아오니
무리가 요셉에게 찾아와 호소하네
그들은 숨기지 않고 낱낱하게 말하네

772
우리 돈 다 하였고 가축은 다 팔리고
남은 것 우리 몸과 토지만 있사온데
우리가 어찌하여야 살아갈 수 있나요

773
우리가 어찌하여 토지와 죽으리까
토지와 우리 몸을 곡식과 바꿔주면
우리가 토지와 함께 바로 종이 되리다

774
요셉이 모든 토지 다 사서 바로에게
백성들 살기 위해 토지와 곡식 교환
애굽의 모든 땅들이 바로 것이 되더라

775
제사장 토지들은 소유를 유지하고
요셉의 지도 아래 지분을 할당받네
하나님 섬기는 역할 실천했을 특혜권

776
백성들 살기 위해 바로의 종이 되고
요셉은 그들에게 농사법 제시하네
여기에 종자 있으니 그 토지에 뿌려라

777
추수의 오분의 일 바로의 소유이고
나머지 오분의 사 너희들 양식이다
토지의 종자로 삼고 너희 가족 살거라

778
백성들 요셉에게 감사를 표현하네
주께서 우리 생명 보호해 주셨네요
우리가 바로의 종이 되리이다 선언해

779
요셉이 토지법을 법으로 확정하여
수입의 오분의 일 바로에 상납하나
제사장 토지의 수입 상납하지 않더라

780
이 상황 야곱 가족 상황이 어떠할까
오히려 생육하고 번성을 이루어 내
야곱은 백사십칠 세 십칠 년을 살았네

781
야곱이 마지막 때 인지한 상황이라
요셉을 불러다가 고마움 표현하고
아들 손 허벅지 아래 넣으라고 말하네

782
내 생명 끊어지면 여기서 메어다가
조상들 묻혀있는 묘지에 장사하라
아버지 말씀한 대로 행하리라 답하네

783
야곱이 또 이르되 나에게 맹세하라
요셉이 지키겠다 맹세를 거듭하니
야곱이 침상 앞에서 하나님께 경배해

784
침상의 머리에서 경배한 야곱 보면
그의 몸 노쇠하여 기력이 없건마는
하나님 경배의 자세 우리 신앙 본보기

창세기 제48장

785
아버지 병상 생활 요셉이 문안가며
므낫세 에브라임 두 아들 동원하네
누군가 요셉이 왔다 야곱에게 전하네

786
야곱이 힘을 내어 침상에 일어나서
하나님 주신 복을 되새겨 전달하네
이전에 가나안 땅의 루스[80]에서 하신 말

787
나에게 이르시되 너에게 복을 주마
생육과 번성으로 큰 백성 이뤄내고
이 땅을 네 후손에게 영원토록 줄거야[81]

788
요셉이 애굽에서 낳았던 두 아들이
므낫세 에브라임[82] 태어난 순서지만
르우벤 시므온처럼 내 자식이 될거야

789
내 자식 된다는 말 의미가 무엇일까
야곱의 열두 지파 요셉의 두 아들이
열 지파 동급으로서 두 배 복을 말하네

---

80) 벧엘, "그곳 이름을 벧엘이라 하였더라 이 성의 옛 이름은 루스더라"(창 28:19)
81) 이 말씀(창 48:4)은 하나님이 야곱에게 복을 주신 말씀, 이 말씀이 요셉에게 이어
    질 것임을 믿는 야곱.
82) 야곱은 이들의 순서를 에브라임 므낫세로 말함

790
이들 후 네 소생은 네 것이 될 것이며
그들의 유산 또한 형 이름[83] 받으리라
야곱의 참된 아내의 소생으로 인정해[84]

791
야곱이 요셉에게 아들을 물어보니
하나님 여기에서 나에게 주셨어요
내 앞에 데리고 와라 축복하마 그들을

792
요셉의 두 아들을 야곱이 보았지만
나이로 말미암아 분별을 하지 못해
요셉이 이끌어가서 야곱 앞에 세우네

793
야곱이 두 손자를 안고서 입 맞추고
요셉을 보리라고 상상도 못했는데
너하고 네 자손까지 볼 수 있게 했구나

794
두 아들 물러 세워 큰절을 하게 하고
므낫세 할아버지 오른쪽 가게 하고
왼쪽엔 에브라임을 가라 하고 명하네

---

83) 대상 5:1-2
84) 요셉은 야곱이 참된 아내로 생각한 라헬의 첫 아들이기에 야곱의 첫째 아들로 여
긴다는 의미

795
야곱이 오른손을 차남의 머리 위에
왼손은 큰아들인 므낫세 머리 위에
요셉의 생각과 달리 엇바꾸어 얹었네

796
요셉을 축복하되 조상의 하나님과
자신의 출생부터 지금도 지키시는
나의 주 나의 하나님 이름으로 복주네

797
내 모든 환난에서 건지신 여호와여
이들로 내 이름과 내 조상 아브라함
이삭의 이름으로써 번식하게 하소서

798
요셉은 아버지의 손 위치 불만하여
아버지 손 위치가 바뀌어 있나이다
오른손 장자 머리에 올리소서 하더라

799
아들아 나도 안다 모두가 크게 되나
아우가 더 클 거고 다민족 이룰 거야
야곱은 에브라임을 므낫세에 앞세워

800
요셉아 나는 이제 죽을 때 되었구나
하나님 함께 계셔 너희를 인도해서
너희를 조상 땅으로 돌아가게 하신다

801
너에게 형제보다 세겜 땅 더 준다는
이 말의 다른 의미 어떻게 설명할까
므낫세 에브라임을 아들처럼 여긴 것

창세기 제49장

802
야곱의 유언의 장 창세기 사십구 장
열두 명 아들에게 세밀한 말 남기네
각각의 미래의 예언 성경 역사 진행어

803
너희들 모이거라 야곱의 아들들아
내 말을 들을지라 후일을 말하리라
세밀한 야곱의 축복 유언 아닌 예언을

804
내 능력 내 기력의 르우벤 내 아들아
위풍이 월등하고 권능이 탁월타만
내 침상 더럽혔음이 내 앞길의 장애물[85]

805
세겜의 디나 사건 시므온 레위 형제
야곱이 받은 충격 예언에 떠올리네
내 혼아 그들 모의에 상관하지 말지라

806
노여움 혹독하니 저주를 받을 거고
분기가 맹렬하니 저주를 받으리라
그들은 야곱 중에서 나누이며 흩어져[86]

---

85) 대상 5:1-2, 창 35:22-르우벤이 야곱의 첩 빌하와 동침
86) 시므온 지파는 유다 지파에 부속적으로 살았고(수 10:9), 레위 지파는 모든 지파
   의 땅에 흩어져서 살았다(수 21:41-42)

807
유다야 내 형제의 찬송이 되리로다
네 손이 네 원수를 짓밟아 잡을 거고
아버지 모든 아들이 네 앞에서 절한다

808
유다는 왕족이며 권위도 최상이라
사자와 같은 상징 누구도 넘지 못해
실로가 오시기까지 보호하는 하나님[87]

809
실로의 임재하면 백성이 복종하네
옷들과 복장들을 빠는 것 포도주라[88]
유다에 주어진 축복 은혜 위에 은헬세

810
스불론 주어진 복 해변에 거주하되
그곳은 배를 매는 해변이 될 것이며
경계가 시돈까지로 갈릴리와 지중해

811
잇사갈 비유하되 건강한 나귀로다
쉴 곳은 보기 좋고 토지도 아름답네
갈릴리 하단의 지방 비옥하고 좋은 땅[89]

---

87) 계 5:5
88) 그 땅이 평안하고 물질적으로 풍성함을 상징
89) 삿 5:15-16

812
단에게 던진 예언 백성을 심판한다
모양은 길섶의 뱀 샛길의 독사로다
말굽을 물어뜯어서 말탄 자를 떨구네

813
단지파 예언 단어 섬뜩한 인상이네
삼손이 단지파요 길섶의 뱀이라니
떠오른 적그리스도 예언으로 보여줘[90]

814
갓지파 사용단어 군사적 용어이네[91]
추격을 받았지만 도리어 추격하네
용감한 그 지파 행적 다윗 시대 나타나

815
아셀의 예언 단어 잔잔한 다름일세
먹는 것 단어부터 수라상 단어까지
실제로 솔로몬 시대 양식으로 활동해[92]

816
납달리 지파에는 암사슴 단어 등장
전쟁에 승리할 것 보여준 말이로세
실제로 가나안 왕을 이긴 증명 보여줘

---

90) 삿 16:17-29
91) 대상 5:18; 대상 12:8-15
92) 수 19:2-31

817
요셉에 주어진 복 유다와 같은 節數
자손의 왕성함을 가지로 표현했네
샘 곁의 무성한 가지 외적 침입 막아내[93]

818
활 쏘는 자의 학대 적개심 쏘아대나
요셉의 굳센 활이 넉넉히 막아내네
전능자 목자의 손을 힘입음의 결과라[94]

819
아버지 하나님이 네게 복 주실 텐데
위로는 하늘의 복 아래로 샘의 복을[95]
그리고 젖먹이는 복 태의 복을 주신다[96]

820
너에게 주는 축복 내 복과 비교 안돼
다양한 복의 수와 한없는 복의 양이
형제 중 뛰어난 자의 정수리로 오리라

821
베냐민 지파에게 주어진 특별 단어
이리가 물어뜯고 빼앗고 옮긴 단어
후세가 호전주의로 살았음을 보았네[97]

---

93) 수 17:14-18
94) 사 49:26
95) 풍요로운 땅을 의미, 풍요의 복
96) 자녀의 다산과 짐승의 다산의 복
97) 삿 5: 14 등

822
이들은 열두 지파 야곱의 후손이라
아버지 그들에게 세세한 축복 선언
내용은 각자의 미래 분량대로 선언해

823
축복 후 이들에게 명하여 이르기를
이제는 조상에게 돌아갈 때가 된다
에브론 밭에 있는 굴 그곳에다 묻거라

824
이 굴은 마므레 땅 막벨라 밭에 있다
내 조부 아브라함 매장지 만들었고
그곳에 우리 선친들 모두 모두 매장돼

825
축복을 마친 야곱 마지막 부탁하네
이곳에 장사 말고 고향에 묻어다오
모든 말 마치고 나서 자식 곁을 떠나네

826
열둘 중 남다른 것 유다와 단이로세
원수의 목을 잡는 유다의 축복 대비
뱀이요 독사로서의 예측되는 단 지파

창세기 제50장

827
아버지 운명 보며 울면서 입 맞추고
장례의 절차들을 의사에 명령하네
아버지 시신에게는 향료 처리 지시해

828
귀족의 장례 방법 힘들고 까다로워
시신을 정리하고 향료를 넣기까지
의사의 시신 정리가 사십 일이 걸렸네

829
애굽의 사람들이 장례에 참여하니
시간이 흘러가서 칠십 일 진행됐네
요셉의 아버지기에 귀족으로 인정해

830
애도의 기간 지나 매장의 때가 되니
요셉이 바로에게 아버지 유언 報告
죽거든 가나안 땅에 묻어달라 했던 말

831
왕이여 아버지의 유언을 실행하여
고향에 장사하고 다시 또 오리이다
그래라 유언한 대로 장사하고 오너라

832
바로의 허락 하에 장사를 진행하네
바로의 모든 신하 바로 궁 원로들과
애굽 땅 모든 원로와 군대까지 참여해

833
장례의 절차든지 참여한 인맥 보면
요셉의 능력 인정 최고의 신뢰 현상
마치도 왕족 장례와 똑같음이 보여져

834
어린애 가축들만 고센에 남아있고
애굽의 원로들과 요셉의 온 가족과
아버지 온 집안사람 가나안에 올라가

835
요단강 건너편에 도착한 타작마당
사람들 크게 울고 칠 일을 애곡하네
현지인 애굽 사람의 애통이라 하더라[98]

836
야곱의 아들들이 아버지 명령대로
예전에 사 두었던 마므레 막벨라 굴
장사 후 모든 사람과 애굽으로 돌아와

---

98) 아벨미스라임(창 50:11) = 애굽인의 곡함

837
장례를 마친 후에 형들이 가진 두렴
동생을 팔았던 죄 들추면 어찌하나
아버지 볼모로 하여 형제 화목 요청해

838
형들의 말을 들은 요셉의 눈물 반응
아버지 연루하는 장면을 보고 나니
그동안 안심시키지 못한 것의 죄책감

839
형들이 친히 와서 엎드려 하는 소리
당신의 종입니다 가슴을 조아리네
형님들 두려워 마소 하나님이 아셔요

840
당신들 나 해하려 계략을 꾸몄으나
백성의 많은 생명 구원을 하시려고
그 음모 선한 것으로 하나님이 바꿨소

841
형님들 걱정 마소 두려움 갖지 마소
당신들 당신 자녀 동생이 기르리다
그들을 간곡한 말로 위로하고 격려해

842
요셉이 아버지의 가족과 애굽 거주
백십 세 소천까지 팔십 년 권력 향유
므낫세 에브라임의 자손들도 양육해

843
요셉이 소천하며 당부한 특별 조언
하나님 당신들을 끝까지 돌보시며
조상께 주신다 했던 그 땅으로 인도해

844
요셉의 유언 내용 야곱과 동일하네
여기에 묻지 말고 고향에 묻어주소
이들의 출애굽 유언 영적 의미 무얼까

845
하나님 은혜 중에 살아온 요셉 인생
십칠 세 팔려와서 백십 세 소천하네
그 몸에 향료를 넣고 애굽에서 입관해

▌나오면서 ▌

창세기 구절구절 읽으며 쓰는 동안
알았던 진실 위에 또 다른 교훈까지
성경은 하나님 말씀 볼 때마다 감동해

성경의 글자마다 알려준 숨은 역사
세상의 시작에서 마지막 심판까지
구원의 열차를 타고 함께 가요 천국에

성경을 읽고 쓰고 하는 것 나의 특권
나에게 보여주신 하나님 특별 사랑
내 인생 끝날 때까지 同居同樂[99]할래요

　어머니 일대기를 정형시로 썼던 책을 보면서 받은 충격적인
"성경을 정형시로" 미션!
　놀랐습니다. 설마~ 성경을 오류적 소개나 전달은 무서운 죄이
기에 어찌 감히 정형시로 그런 일을 하랴 했습니다. 그러나 미션
수행에 도전하기로 하고 쓰기 시작했습니다. 지금까지 내가 썼던
책들의 결과도 하나님께서 주신 지혜로였다는 것을 알기에 또
그러리라는 확신이 들었기 때문입니다.
　쓰기를 시작하자 힘들기도 하고, 어렵기도 하고, 너무 두렵기도
했습니다. 그러나 쓰면 쓸수록 마음이 편안해지고, 색다른 단어가
떠오르기도 하고, 가슴이 뛰기도 했습니다.
　힘이 빠져 연필을 잡을 수 없을 때까지 성경을 필사하기로
맹세하고, 필사도 하면서 정형시로 틈틈이 쓰고 있다는 것이 내가
하는 모든 일에 우선이고, 그 일에 큰 기쁨이 온다는 것을 자신 있게
공개합니다. 우리 아버지 하나님께 감사와 영광을 돌립니다.

---
99) 함께 살면서 즐거움을 함께 함